LES

AUTEURS DRAMATIQUES

ET LA

COMÉDIE-FRANÇAISE

A PARIS

AUX XVIIe ET XVIIIe SIÈCLES

D'après des Documents inédits
extraits des Archives du Théâtre-Français

PAR JULES BONNASSIES

PARIS

LIBRAIRIES

LÉON WILLEM
8, RUE DE VERNEUIL, 8

PAUL DAFFIS
7, RUE GUÉNÉGAUD, 7

1874

COLLECTION DE DOCUMENTS

rares ou inédits

RELATIFS A L'HISTOIRE DE PARIS

LES

AUTEURS DRAMATIQUES

ET LA

COMÉDIE-FRANÇAISE

TIRÉ A 350 EXEMPLAIRES

TOUS NUMÉROTÉS

325 sur papier vergé des Vosges.

22 — chine véritable.

3 sur parchemin.

N° 263.

LES

AUTEURS DRAMATIQUES

ET LA

COMÉDIE-FRANÇAISE

A PARIS

AUX XVIIe ET XVIIIe SIÈCLES

D'après des Documents inédits
extraits des Archives du Théâtre-Français

PAR JULES BONNASSIES

PARIS

LIBRAIRIES

LÉON WILLEM
8, RUE DE VERNEUIL, 8

PAUL DAFFIS
7, RUE GUÉNÉGAUD, 7

1874

A MON CHER ET SAVANT AMI

LÉON GUILLARD

Archiviste de la Comédie-Française

AVIS

Ce *Livre est l'histoire de la situation que la Comédie-Française a faite aux auteurs dramatiques depuis son origine. En réalité, c'est, jusqu'en 1791, du théâtre et des auteurs en général qu'il expose les relations, attendu que, à cette époque seulement, le monopole de la Comédie-Française cessa et que d'autres scènes littéraires eurent la permission de s'élever à côté d'elle. C'est une des six publications qui formeront l'histoire de notre grande scène nationale, et nous y avons mis à profit, comme dans les autres, le grand nombre de documents, surtout de documents de principe, qui sont parvenus à notre connaissance. En effet, la plupart des règlements, arrêts et arrêtés que nous mettons en lumière sont tout à fait nouveaux pour le public. D'autres, imprimés jadis, ont été tirés à si petit nombre et sont devenus tellement rares, — certains même ne sont connus qu'à un, deux, trois exemplaires — que la remise au jour en vaut une première édition. C'est principalement aux Archives de la Comédie, à la Bibliothèque des auteurs dramatiques, aux Archives Nationales, que nous avons eu le plaisir de les trouver, et, à ce propos, nous ne saurions adresser de trop vifs remerciements à notre vieil ami Léon Guillard, Archiviste du Théâtre-Français, dont l'obligeance et les conseils nous ont singulièrement facilité la tâche. C'est pourquoi nous avons mis son nom en tête de ce volume.*

Nous nous arrêtons en 1799, à la veille de la reconstitution de la Comédie-Française. La période qui s'écoule jusqu'à cette date pouvait seule trouver place dans la charmante collection archéologique que publie M. Léon Willem. Nous avons rejeté la période moderne dans un autre volume.

J. B.

LES AUTEURS DRAMATIQUES

ET

LA COMÉDIE-FRANÇAISE

AUX XVIIe ET XVIIIe SIÈCLES

I

Jusqu'à l'apparition de Corneille, les auteurs dramatiques, qui ne jouissaient guère de plus de considération que les comédiens, ne retirèrent de leurs œuvres qu'un bénéfice médiocre et irrégulier. Quelques années après les débuts du grand tragique, une actrice du théâtre du Marais, Mlle Beaupré, disait :

M. Corneille nous a fait un grand tort : nous avions ci-devant des pieces de théâtre pour trois écus, que l'on nous faisoit en une nuit ; on y était accoûtumé, et nous gagnions beaucoup ; presentement, les pieces de M. Corneille nous coûtent bien de l'argent, et nous gagnons peu de chose.

En effet, l'opinion qu'on avait des gens de lettres devenait insensiblement meilleure à la vue des titres continuels qu'ils se créaient à l'admiration de leurs contemporains. Louis XIV l'améliora encore en donnant aux écrivains, qui devaient tant illustrer son règne, des pensions du Roi, c'est-à-dire de l'État, qui commencèrent à les affranchir de la domesticité féodale. En 1674, Chappuzeau [1] s'exprimait ainsi dans son *Theâtre-François :*

Les Authevrs doiuent estre considerez comme les Dieux Tutelaires du Theâtre ; ce sont eux qui le soûtiennent ; ils en sont les grans apuys, et il tomberoit auec tous ses ornemens et ses pompeuses machines, si de beaux vers et d'agreables intrigues ne chatoüilloient l'oreille de l'auditeur, à mesure que sa veüe est diuertie par la beauté des objets qu'on luy presente. Ie sçais

1. Nous avons, d'ailleurs, reproduit, *in extenso*, à la fin du premier volume de l'*Histoire administrative de la Comédie-Française*, tous les passages du *Theâtre-François* relatifs aux rapports des auteurs et des comédiens.

que la Comedie ne demande pas seulement vn Autheur qui la compose : qu'elle veut aussi vn Acteur qui la recite et vn Theâtre où elle soit representée auec les embellissemens qu'il luy peut donner. Mais l'inuention du Poëte est l'ame qui fait mouuoir tout le corps, et c'est de là principalement que le monde s'attend de tirer le plaisir qu'il va chercher au Theâtre.

Suit un long panégyrique des auteurs et de leurs divers genres de talent.

Le naïf écrivain est d'ordinaire, on le sait, un *bénisseur* à outrance; mais, en rabattant de moitié le ton de son dithyrambe, on est déjà loin des airs hautains de Mlle Beaupré. Néanmoins, à cette époque, les auteurs n'en sont pas encore à s'enrichir, ni même à gagner autant que leurs interprètes.

Du temps de Molière, la rétribution qu'ils tirent de la représentation de leurs œuvres n'est l'objet d'aucune loi. L'usage seul la règle, et il veut que les comédiens jouent de droit tout ce qui est imprimé. Aussi l'auteur ne publie-t-il pas, comme aujourd'hui où la propriété littéraire est sauvegardée, sa pièce le lendemain de la première représentation : il attend que l'infériorité des recettes ait obligé les comédiens à cesser de la jouer.

Il faut bien remarquer, pour la justification de cet usage, que le nombre des amateurs de théâtre à Paris est alors très restreint, que ce public vit uniquement de nouveautés, et que les pièces, une fois leur premier succès (25 représentations en moyenne) épuisé, ne sont presque jamais reprises du vivant des auteurs. Cette règle est à peu près invariable pour les tragédies, même pour celles de Corneille et de Racine; elle l'est également pour la plupart des comédies : Molière seul y fait, moins souvent d'ailleurs qu'on ne croit, exception en faveur des siennes; mais Molière est le maître dans son théâtre, et il faut bien avouer qu'il a le droit de l'être. Donc, c'est tout simplement un achat de manuscrit que font les comédiens d'une troupe en payant à l'auteur, ainsi qu'on le verra plus bas, soit une part dans les bénéfices, soit une somme d'argent une fois donnée [1]. Tant que la pièce fait de

1. L'établissement du droit d'auteur proportionné à la recette remonterait, suivant Léris, à 1653. Tristan l'Hermite s'était chargé de lire *les Rivales*, de Quinault, aux comédiens de l'Hôtel de Bourgogne. Ceux-ci, croyant la pièce du lecteur, en offrirent 100 écus; mais, apprenant qu'elle était d'un jeune homme, ils n'en voulurent plus donner que 50. Tristan insista et leur proposa d'accorder dorénavant aux auteurs le

bonnes chambrées, les comédiens, afin de ne pas laisser une troupe rivale s'en emparer en même temps, et leur faire concurrence [1], gardent le manuscrit. Puis, lorsque l'abaissement des recettes leur prouve que le public ordinaire a traversé leur salle et qu'il ne se renouvellera pas, ils rendent à l'auteur ce manuscrit dont ils n'ont plus que faire. Ce dernier, sachant, d'une part, que la capitale ne lui rapportera plus rien ; de l'autre, que l'absence

---

neuvième de la recette, les frais déduits, tant qu'on jouerait les pièces dans la nouveauté, après quoi elles appartiendraient aux comédiens : ce qui fut accepté. Mais cette anecdote est évidemment de pure invention, du moins en ce qui concerne le mode de fixation du droit, car ni Chappuzeau, ni les registres de la Comédie ne parlent du prélèvement du neuvième pour les auteurs, avant l'époque indiquée plus loin par nous.

1. On sait que, au milieu des représentations d'*Alexandre*, Racine, sans mot dire, enleva la pièce à la troupe du Palais-Royal et fut la porter à l'Hôtel de Bourgogne. Molière ne laissa pas de la jouer encore trois fois, tout en supprimant la part de l'auteur ; mais, ce qui prouve bien que Molière n'avait pas le droit de s'opposer à l'enlèvement, c'est que, tout en accusant Racine d'indélicatesse, il ne lui fit pas de procès : et pourtant on en intentait alors avec l'ardeur qu'aujourd'hui l'on met à les éviter. Racine non plus ne réclama pas contre la continuation des représentations d'*Alexandre* au Palais-Royal.

d'une organisation protectrice des intérêts des auteurs ne lui permet pas de traiter avec les troupes qui courent les villes et bourgades du royaume, se juge satisfait pécuniairement. Il ne songe plus alors qu'à étendre sa renommée : ne pouvant demander de l'argent aux provinces, il en espère des réclames, et, à cet effet, il leur donne son œuvre en la publiant. La joue qui voudra ; le plus possible sera le mieux.

Molière mourut, on s'en souvient, le 17 février 1673, après la quatrième représentation du *Malade imaginaire*. La troupe du Palais-Royal avait fait de grandes dépenses pour monter cette pièce : prévoyant que la mort de l'auteur en prolongerait le succès, elle voulut s'assurer tous les bénéfices qu'on pouvait en espérer. Ayant appris que des comédiens de campagne étaient parvenus à en surprendre une copie et la jouaient, les comédiens de Guénégaud prièrent le Roi de consacrer, par un acte de sa volonté, la *coutume* dramatique. Louis XIV y consentit, et une ordonnance du 12 [1] janvier 1674 défendit à

1. L'imprimé princeps, dont les Archives de la Comédie-Française possèdent le seul exemplaire que nous connaissions, dit 12 ; le catalogue de 1718 (à la Co-

tous comédiens autres que ceux de la troupe de Guénégaud de représenter la pièce jusqu'à ce qu'elle fût imprimée.

Le Malade avait été repris en août 1673. Il n'était pas publié, mais l'auteur était mort; c'était probablement la première fois que le cas se présentait. Il fut réglé à l'avantage de mademoiselle Molière, qui eut sans doute voix prépondérante au chapitre, en raison des services pécuniaires qu'elle lui rendait alors. Elle retira une demi-part, comme héritière des droits de son mari. De même, lorsque Thomas Corneille mit en vers *le Festin de pierre*, les deux cents louis d'or (2,200 livres) moyennant lesquels la troupe acheta cette pièce, qui redevenait nouvelle, furent payés, par moitié sans doute, au second auteur et à la veuve du premier.

Les comédiens ont alors au moins un, presque toujours plusieurs d'entre eux, qui sont les auteurs attitrés de la troupe ; les auteurs

---

médie-Française) dit 7. Sur l'original de l'acte, qui est également aux Archives du théâtre, la date est illisible ; mais on ne saurait, à coup sûr, y voir aucun de ces deux chiffres. Ce document a été réimprimé dans la *Correspondance administrative de Louis XIV* (IV, 594), et dans la *Vie de Molière*, par M. Taschereau.

externes ne sont qu'accessoires. Comédiens ou non, les auteurs, peu nombreux d'ailleurs au XVIIe siècle, prennent à part, lorsqu'ils ont écrit une pièce, celui de la troupe dont ils sont les amis ou qu'ils jugent le plus intelligent, le prient de la lire, et, s'il la trouve bonne, de convoquer ses camarades et de leur en faire lecture. Le bon Chappuzeau, que nous regrettons de ne pouvoir citer davantage, nous montre le lecteur s'efforçant de faire valoir l'œuvre de son protégé, en la déclamant avec encore plus d'emphase que sur le théâtre. Les comédiennes n'ont pas coutume d'assister à ces assemblées, quoiqu'elles en aient le droit [1]. La pièce reçue, on traite des conditions. Ces conditions, Molière les dicte, relativement à ses œuvres, grâce à sa situation spéciale; mais, dans les autres troupes et dans la sienne après lui, les auteurs dramatiques les subissent plutôt.

Les comédiens ont deux manières de traiter avec eux :

---

1. Le 26 avril 1683, les comédiens décident que les actrices dont les maris font partie de la troupe n'assisteront plus aux assemblées, mais qu'elles ne laisseront pas de toucher le jeton de présence. (Feuilles d'assemblées. — Arch. Com.-Fr.)

Ils achètent la pièce à forfait. Parfois ils la paient 200 pistoles [1], rarement plus. Si elle

1. D'après le registre de La Grange, les comédiens donnèrent à Gilbert 550 livres pour *la Vraie et la Fausse Précieuse ;* à Boyer, la même somme, dans une bourse brodée d'or et d'argent, pour *Tonnaxare ;* à Corneille, 2,000 liv. pour *Attila*, et 2,000 liv. pour *Bérénice*. En 1659-60, Molière reçut 1,000 liv. pour *les Précieuses;* à la fin de 1660, 1,500 liv. pour *le Cocu.;* en 1661, 968 liv. pour *Don Garcie de Navarre ;* 1,100 liv. pour *les Fâcheux*. Lorsque Thomas Corneille mit en vers *le Festin de pierre*, de Molière, il intervint, entre lui et la veuve du grand comique, d'une part, et la troupe de Guénégaud, de l'autre, un traité par lequel les comédiens considérèrent la pièce versifiée comme une œuvre nouvelle et payèrent au premier 1,100 liv. comme demi-auteur, et pareille somme à la seconde comme héritière des droits de son mari. (Ce payement eut lieu, d'après La Grange, le 8 mars 1677.) Mais notons que l'affaire était, sous tous les rapports, exceptionnelle. La troupe ne devait rien à mademoiselle Molière; mais le souvenir du grand homme qui avait été son époux, et les services qu'elle-même avait rendus à ses camarades dans des circonstances difficiles, lui créèrent, parmi eux, jusqu'à son second mariage, une situation particulière. Notons, en outre, que le fait d'un ouvrage, à la fois ancien et nouveau, de deux auteurs célèbres (Thomas Corneille *faisait plus d'argent* que Pierre) n'était pas ordinaire. Le reçu du payement des 2,200 livres a été retrouvé récemment aux Archives de la Comédie; le voici textuellement :

« 1677 3 juillet.

« Je soubsignée confesse auoir receu de la Trouppe

obtient un grand succès, ils font un présent à l'auteur. Selon Chappuzeau,

> Cette generosité se porte si loin, qu'vn Autheur des plus celebres et des plus modestes força vn jour la Troupe Royale (l'Hôtel de Bourgogne) de reprendre cinquante pistoles de la somme qu'elle lui auoit enuoyée pour son ourage.

Ce mode de paiement est toutefois le moins usité. D'habitude, l'auteur devient momentanément sociétaire du théâtre; en d'autres termes, il entre en compte dans les dépenses et les recettes qui se font pendant la durée des représentations de son œuvre, jusqu'à

---

en deux payemens La somme de deux mil deux cens Liures tant pour moy que pour Mr de Corneille a laquelle somme je suis conuenue auec lad. Trouppe et dont elle est demeurée d'accort pour l'achapt de la piece du festin de pierre qui m'appartenoit que jay fait mettre en vers par led. Sr de Corneille. Scavoir Le premier payement de neuf cens douze liures douze sols sur la chambrée de lad. piece du festin de pierre Et douze cens quatre vingt sept liures huit sols sur les deniers de la bourse commune de la Trouppe qui est entre les mains de Mr de la grange. Lesquelles deux sommes font ensemble celle de deux mil deux cent liures dont Je quitte lad. trouppe et tous autres. fait à Paris ce troisiesme juillet mil six cens soixante et dix sept.

« armande gresinde claire eslisabet béjart. »

l'épuisement du succès, que détermine vaguement l'abaissement de la recette. Les comédiens abandonnent alors la pièce, qui devient leur propriété, propriété, nous l'avons dit, dont, longtemps encore, ils ne voudront que rarement jouir de nouveau. Plus tard, l'époque de cet abandon fut appelée *chute dans les règles*, lorsque des actes del'Autorité la spécifièrent, la *réglèrent*, en fixant des *minima* de recettes.

Avec ce mode de rétribution, l'auteur, suivant sa notoriété, son talent, touche une ou deux parts d'acteur dans les bénéfices, et en paie autant dans les frais; c'est-à-dire que, après défalcation des frais ordinaires, réglés d'avance au commencement de l'année, et des frais extraordinaires, ceux qu'entraîne la pièce même, il reçoit une ou deux parts dans le partage que se font quotidiennement les comédiens du rendement de la chambrée [1].

1. En 1664, Racine eut, au Palais-Royal, deux parts d'auteur pour sa première pièce, *les Frères ennemis*, sur quatorze parts. A partir de 1662, Molière eut tantôt une part, tantôt deux, lorsqu'on jouait ses pièces : deux pour *l'École des Femmes* et pour *le Tartuffe*, une pour *Monsieur de Pourceaugnac*. Les parts d'auteur se comptaient en sus. On a calculé que Molière toucha environ 60,000 liv. de droits d'auteur.

Mais le nombre des parts variait continuellement ; dans la troupe du Palais-Royal, il oscilla de dix à quinze, et, de 1673 à 1685 (troupe Guénégaud et Comédie-Française), de sept trois quarts à vingt-quatre et demie. C'est en 1685 seulement qu'on le fixa définitivement à vingt-trois. Jusqu'à cette époque, la rémunération des auteurs dramatiques fut donc très variable.

Les comédiens, au XVIIe siècle, ont encore une troisième manière de rétribuer les auteurs, qui est de ne leur donner rien, ou à peu près. Celle-là s'applique aux débutants, qui devront se contenter de la gloire.

Les frais supplémentaires (ou extraordinaires) des pièces nouvelles sont réglés d'avance *à priori*, puis arrêtés sur factures pendant le cours des représentations.

Après conclusion du marché, même dans le troisième cas, auteurs et comédiens vont au cabaret voisin « se régaler » ensemble.

Les auteurs en renom, ainsi d'ailleurs qu'aujourd'hui, ne veulent faire jouer leurs pièces que de la Toussaint à Pâques, parce que c'est la saison d'hiver, la plus fructueuse, et qu'aussi la Cour, à ce moment, séjourne au Louvre ou à Saint-Germain. En principe, le droit de distribuer les rôles n'appartient pas aux auteurs ; mais presque toujours il leur est laissé par les comédiens. Ce n'est qu'en assemblée du 11 octobre 1683, qu'il leur fut reconnu définitivement. Les répétitions se font longuement, et la répétition générale est exactement conforme à la première représentation. On ne joue alors que trois fois par semaine, les vendredis, dimanches et mardis, jours où les mœurs de l'époque laissent au public plus de liberté, à moins qu'une des fêtes non solennelles ne permette une représentation de plus. L'usage des représentations quotidiennes ne commença qu'avec la Comédie-Française, en 1680. On donne les premières représentations le vendredi, afin de préparer, au moyen des éloges de l'annonce verbale et de l'affiche, l'affluence pour le dimanche suivant. Les « pieces heroïques » (tragédies) se jouent de préférence en hiver ; les comiques, en été. Le 19 juillet 1683, on décida, en assemblée, que les comédiens-auteurs ne feraient passer leurs œuvres qu'en été, laissant aux auteurs externes les honneurs de la belle saison théâtrale.

A cette époque, la population de Paris ne dépasse guère 470,000 âmes ; le public lettré y est proportionnellement beaucoup plus rare qu'un siècle plus tard, et le goût du théâtre moins répandu. Les grands succès ne comportent que de vingt à trente représentations. Les frais de mise en scène ne sont pas considérables, excepté ceux des pièces « de machines », qui peuvent monter à 6 ou 7,000 liv. Mais alors on « soutient les pieces au double » le plus longtemps possible, parfois jusqu'à la vingtième représentation [1].

---

1. C'est seulement le 12 mars 1732 qu'un ordre du duc de la Trémoille ne permit plus que de *tiercer* le prix de places (c'est-à-dire de prendre le tiers en sus), pendant les douze premières représentations. Parfois aussi, mais tout à fait par exception, les comédiens augmentaient considérablement les tarifs.

On a répété, d'après un court historique de la question donné par Beaumarchais dans son *Compte rendu aux auteurs dramatiques*, que le premier règlement fixe relatif aux droits d'auteurs est celui de 1697. Des feuilles d'assemblées récemment trouvées par nous aux Archives de la Comédie-Française nous en ont fait connaître d'antérieurs. Malheureusement elles sont incomplètes. Les premières qui se suivent datent de 1682, et l'absence des années précédentes et de plusieurs séances des années qu'on possède en majeure partie nous prive sans doute de quelques renseignements analogues à ceux que nous allons donner.

Le 22 mars 1683, les comédiens, en leur assemblée, décident que [1] :

En hiver (de la Toussaint à Pâques), on soutiendra les pièces nouvelles à l'extraordinaire tant que la recette dépassera 650 livres ; au-dessous de cette somme, les places reviendront au prix ordinaire. Quand la recette sera deux fois de suite de 550 livres ou au-dessous, « on quittera la piece sans retour pour l'auteur. » A l'égard des petites comédies, on en jouera, avec les pièces nouvelles, lorsque ces dernières seront au simple (au prix ordinaire) et si les auteurs y consentent, pourvu que ces comédies soient en un acte. On alternera les pièces nouvelles avec les anciennes. Si une représentation de pièce nouvelle fixée, selon le répertoire, pour un dimanche, vient à manquer par indisposition d'un acteur, voyage à la Cour, fête solennelle, ou par tout autre motif, elle sera remise au dimanche suivant, à moins d'une fête, pendant la semaine, qui tienne lieu de ce jour.

---

1. Tout en condensant, ici et ailleurs, le texte, souvent prolixe, des documents, nous en conservons le plus possible les charmants archaïsmes, sans nous offenser de ce que parfois ils *blessent Vaugelas*.

Le 5 avril suivant, les comédiens décident encore que :

En hiver, lorsqu'une pièce nouvelle est au prix extraordinaire et que la recette ne monte qu'à 750 livres, l'auteur pourra faire mettre le parterre à quinze sols. En été (de Pâques à la Toussaint), les mêmes règles seront observées, à la réserve des prix, réglés ainsi : l'on soutiendra les pièces à l'extraordinaire tant que la recette dépassera 400 livres ; au-dessous de cette somme, les places reviendront au prix ordinaire. Quand les pièces feront deux recettes consécutives de 350 livres ou au-dessous, on les quittera sans retour pour l'auteur. Lorsque, la pièce étant au prix extraordinaire, les recettes n'en dépasseront point 500 livres, l'auteur pourra faire mettre le parterre à quinze sols. Pour les petites comédies et l'alternative des pièces anciennes et nouvelles, la règle sera la même qu'en hiver. La pièce, dont les représentations, commencées en été, se continueront en hiver, sera réputée pièce d'hiver et sujette aux mêmes règles. Hiver et été, on commencera le spectacle à cinq heures un quart.

Le 26, autre décision de l'Assemblée :

Pour les pièces qui nécessiteront des frais extraordinaires, on suivra, relativement à la part d'auteur, les règles faites dans les deux assemblées précédentes, sauf que la recette au bureau devra surpasser les prix fixés, pour le double et le simple, de la somme à laquelle se monteront les frais journaliers extraordinaires, c'est-à-dire que, si lesdits frais sont de 150 livres, il faudra que la chambrée ou recette de la porte excède de 150 livres les *minima* fixés par les règles ci-dessus.

Le 7 juin :

Les petites pièces nouvelles, en un acte ou en trois, vaudront aux auteurs « une dix-huitieme part, les frais prealablement payés, et, pour leur satisfaction, on leur donnera le choix de deux pieces sérieuses à leur discretion pendant le cours de la représentation de leur petite comedie. Et, comme ils ont le mesme auantage à proportion que les autheurs des grandes pieces, on obseruera les mesmes regles pour les prix de la recepte des pieces nouuelles de l'esté. On n'en receura pointl'h yver. »

Ce document nous donne l'occasion de faire plusieurs remarques. Notons d'abord qu'il contient la première mention authentique du dix-huitième attribué aux auteurs des petites pièces. Ensuite, il est hors de doute que, si le sort de ces derniers fut fixé à cette époque, celui des auteurs des pièces en quatre et cinq actes le fut également, dans une séance dont le procès-verbal nous manque.

Remarquons enfin, sans crainte d'être démenti par nul de ceux qui connaissent les registres des comédiens, qu'il ne résulte pas de ce texte que la rétribution du dix-huitième — et par conséquent du neuvième — soit établie ici pour la première fois. Les comédiens, à notre avis, se bornent à ratifier une mesure qu'ils ont déjà prise; ce doit être une des mille répétitions dont ils ont l'habitude.

Deux ans après, le règlement *de la Dauphine* du 3 avril 1685 [1] ordonne :

Art. 5. — Les rôles distribués jusqu'alors par les auteurs demeureront en l'état, et la troupe les fera doubler par les comédiens qu'elle en jugera le plus capables.

L'article 6, sanctionnant la décision de l'assemblée du 11 octobre 1683, assure aux auteurs le droit de faire les distributions, et leur enjoint de les faire en double ; il défère officiellement les contestations qui surviendront aux Premiers Gentilshommes de la Chambre.

Par l'article 7, il est établi qu'aucune pièce

1. *L'Histoire du Théâtre-François* par les frères Parfaict est le seul ouvrage qui ait, jusqu'à présent, donné le texte des deux règlements dits *de la Dauphine*. Nous en avons retrouvé deux expéditions manuscrites, mais fautives, aux Arch. Com.-Fr.

ancienne ou nouvelle ne sera jouée sans une décision de la Comédie assemblée.

Le 18 mars 1686, nouvelle résolution de l'assemblée :

On jouera *le Notaire obligeant* avec *Alcibiade*, tragédie nouvelle, et, attendu que les règlements en vigueur ne permettent pas de jouer de petites comédies en trois actes avec les pièces nouvelles, et qu'on va y déroger en représentant *le Notaire obligeant*, on y dérogera dorénavant pour toutes les pièces nouvelles, c'est-à-dire que, lorsqu'une tragédie nouvelle aura été jouée vingt-sept fois de suite, comme *Alcibiade*, on y pourra joindre, à sa vingt-huitième représentation, une comédie en trois actes, si la troupe n'a point d'autre comédie nouvelle à jouer.

Le Notaire obligeant est de Dancourt, et les comédiens, dérogeant, en faveur d'un camarade, à leur règle, étaient moralement contraints d'admettre les auteurs externes au bénéfice de cette exception.

En 1688, il est fait, en assemblée, un nouveau règlement pour les entrées. Nous ne le connaissons que pour le voir citer et modifier légèrement dans une assemblée de 1697, et nous le cherchons en vain dans les feuilles de 1688, qui, au milieu du XVIIIe siècle déjà, et sans doute plus tôt, avaient cessé d'être au complet. Nous ne trouvons pas davantage, aux Archives Nationales, le moyen de combler ce vide. Mais ce qui nous importerait surtout est de savoir si ce règlement était accompagné d'un autre relatif aux auteurs. Par induction, nous sommes disposé à le croire. En effet, le règlement pour les entrées de 1688 fut renouvelé, sauf modifications, en 1697 et en 1726; or, en 1697, la Comédie fit le célèbre règlement pour les auteurs, et en 1726 elle le renouvela et le fit imprimer, en même temps que le règlement pour les entrées. Tout porte donc à penser que, à la première comme à la seconde et à la troisième de ces dates, un règlement pour les auteurs fut rédigé en même temps que l'autre. (Voir, à ce sujet, l'*Histoire administrative de la Comédie-Française*, tome I.)

En 1689, la Comédie venait de quitter, par ordre, la rue Mazarine et d'occuper le théâtre qu'elle avait fait bâtir rue des Fossés-Saint-Germain-des-Prés; elle avait pris des engagements pécuniaires dont elle ne devait s'acquitter complétement que dix ans plus tard. Le 14 novembre, elle décide que, en raison de l'augmentation de ses frais, elle retranche le supplément qu'elle donne aux auteurs pour les pièces nouvelles, attendu que les 66 liv. qu'on prélève quotidiennement sur les recettes pour payer les pensions, loyers et jetons de présence, suffisent à peine à solder ces dépenses. Qu'est-ce que ce supplément ? Quelque prime ou gratification évidemment. Mais la lacune que nous regrettons plus haut ne nous permet pas de l'assurer.

III

En 1697, la Comédie rédige un règlement explicite de ses rapports avec les auteurs, ou renouvelle celui qu'elle avait sans doute fait en 1688. Il fut renouvelé et imprimé textuellement en 1726 [1]. Il porte que :

1. C'est uniquement par l'imprimé de 1726 que nous connaissons l'existence du règlement de 1697, car, sur les feuilles d'assemblées de cette dernière année, nous ne trouvons que le règlement pour les entrées. L'imprimé de 1726 est intitulé : *Anciens Réglemens faits par la troupe des Comédiens du Roy en 1697*, etc. On pourrait inférer, en s'appuyant sur ce texte (*faits... en 1697*), que ce règlement fut rédigé pour la première fois en 1697 et non renouvelé de 1688. Mais le texte en question ne constitue pas une preuve péremptoire pour les personnes qui sa-

ARTICLE PREMIER. — Pour recevoir les pièces, la troupe s'assemble et en entend la lecture. Lorsqu'elle est achevée, l'auteur se retire ; puis l'assemblée délibère, et accepte ou refuse à la pluralité des voix ou par billets blancs ou noirs.

ART. 2. — La pièce reçue, personne ne peut élever de difficultés relativement à la représentation. « Monsieur l'autheur » distribue les rôles à son gré ; aucun acteur ne peut en refuser un.

ART. 3. — Lorsqu'une pièce est lue en l'absence de l'auteur et qu'elle est trouvée bonne, l'auteur doit être nommé avant l'acceptation définitive.

ART. 4. — Les pièces nouvelles des auteurs-comédiens ne sont jouées que l'été ; celles des auteurs externes le sont de préférence l'hiver.

ART. 5. — Une pièce nouvelle est jouée alternativement avec une vieille ou avec une autre nouvelle. Lorsque son tour arrive un dimanche, et qu'un voyage à la Cour, une fête solennelle, la maladie d'un comédien ou tout autre motif en empêche la représentation ce jour-là, elle est jouée le dimanche suivant, à moins que, pendant la semaine, il n'y ait une fête qui en tienne lieu.

---

vent à quel point les comédiens, à cette époque, se souciaient peu d'être précis et, d'ailleurs, connaissaient mal leur propre histoire. Le règlement de 1697 était le plus récent et, par conséquent, le plus, le seul connu probablement, en 1726.

Art. 6. — En hiver (de la Toussaint à Pâques), on joue les pièces nouvelles jusqu'à ce que la recette s'abaisse deux fois de suite à 550 livres; alors on les quitte sans retour pour l'auteur.

Art. 7. — Parmi les petites comédies qu'on représente avec les pièces sérieuses, l'auteur de la pièce nouvelle demande celles qu'il lui plaît, pourvu qu'elles soient en un acte.

Art. 8. — En été (de Pâques à la Toussaint), la pièce est quittée sans retour pour l'auteur lorsqu'on fait deux recettes de suite de 350 livres et au-dessous.

Art. 9. — Les pièces nouvelles commencées en été et continuées au-delà de la Toussaint sont censées pièces d'hiver, sujettes aux règles d'hiver, et *vice versa*.

Art. 10. — A l'égard des pièces nouvelles « de spectacle et d'ornemens » où il y a des frais journaliers et extraordinaires (machines, musique, location d'habits, ouvriers, etc.), la recette du bureau doit surpasser les *minima* fixés par les règles ci-dessus de la somme à laquelle montent ces frais.

Art. 11. — Les auteurs ont deux parts sur dix-huit (un neuvième) dans les pièces nouvelles en cinq actes sérieuses ou comiques, c'est-à-dire que, la recette étant faite et le compte rendu, on paye les frais journaliers et ordinaires de la Comédie, et le surplus se partage en dix-huit parts, dont « monsieur l'autheur » prend deux, et les seize parts restantes sont distribuées aux comédiens au prorata de leur intérêt social.

Art. 12. — Les auteurs des petites comédies nouvelles en trois actes ou en un ont le dix-huitième de la recette dans les mêmes conditions. Pour faire valoir ces comédies, on donne aux auteurs le choix de deux pièces nouvelles à représenter en même temps, les jours qu'il leur plaît. On leur applique, relativement aux frais extraordinaires, les mêmes règles qu'aux grandes pièces.

Art. 13. — On ne reçoit point de petites comédies pendant l'hiver.

Art. 14. — Afin d'éviter les contestations, on fait connaître ces règles aux auteurs avant la lecture de leurs pièces.

Puis, dans le règlement des entrées qui suit, le paragraphe 2 attribue :

Aux auteurs, tant qu'ils retirent des parts : quatre billets pour les pièces en cinq actes, et deux pour les autres pièces. Si les auteurs font entrer un plus grand nombre de personnes par billets ou autrement, le prix de ces entrées est déduit de leur part du jour et, si elle ne suffit, de celle du jour suivant.

Ce règlement, on le voit, reproduit plusieurs clauses des précédents.

Deux ans après, les comédiens font, en séance du 27 avril 1699, un nouveau règlement, que nous retrouvons dans les feuilles d'assemblées, aux Archives du théâtre. Le voici en substance :

La règle de continuer les pièces nouvelles jusqu'à ce que la recette tombe deux fois de suite au-dessous de 350 livres en été et de 550 livres en hiver étant reconnue préjudiciable aux intérêts de la Comédie, et le règlement des jours de représentation desdites pièces, lorsque l'alternative a été interrompue par des voyages à la Cour, maladie d'acteurs, etc., ayant fait naître des contestations, il est décidé que :

1° Les *minima* de 550 livres et 350 livres sont maintenus ; mais ce n'est pas lorsque la recette sera descendue deux fois de suite, mais deux fois indistinctement pendant tout le cours des représentations, au-dessous de ces sommes, que les pièces nouvelles seront abandonnées sans retour pour les auteurs. Ces derniers seront avertis de ces dispositions avant la lecture de leurs œuvres.

2° Lorsqu'il n'y aura qu'une pièce nouvelle à l'alternative avec les anciennes, et qu'un voyage, une maladie, etc., lui fera perdre son tour, elle sera donnée le lendemain de la cessation de l'obstacle, quelque jour que ce doive être. Néanmoins, sur deux dimanches, les pièces nouvelles en auront un de droit, en dépit de l'alternative, à moins qu'il n'y ait eu, pendant la semaine, une fête qui ait tenu lieu de ce jour.

3o Lorsqu'il y aura deux pièces nouvelles à l'alternative, et qu'elles seront interrompues par un des motifs ci-dessus, l'alternative reprendra lors de la cessation de l'obstacle, et les jours d'interruption seront réputés nuls, attendu la réciprocité du hasard. Néanmoins, chacune des deux pièces aura de droit un dimanche, à moins qu'une fête ne lui en ait tenu lieu pendant le cours de la semaine. En ce cas, la pièce en souffrance pourra être jouée deux jours de suite, le samedi et le dimanche, si l'auteur y consent; sinon, l'on intercalera la représentation d'une pièce ancienne entre celle des deux nouvelles. Dans le cas où l'obstacle arrêterait l'une des deux pièces seulement, l'autre pourra être jouée tous les jours, si l'auteur et la troupe à la fois y consentent.

Le 30 novembre de la même année, la Comédie décide en assemblée que, pour traiter les auteurs « encore plus favorablement [1] », les pièces ne tomberont dans les règles que lorsque les recettes seront descen-

1. *Encore* est de trop, puisque le précédent règlement avait été fait à leur désavantage.

dues au-dessous des *minima* deux fois de suite ou trois fois indistinctement.

Le règlement du 27 octobre 1712 [1], qui est surtout relatif au répertoire, contient néanmoins un passage concernant les auteurs. — Ayant appris, disent en substance les Gentilshommes :

Ayant appris que le caprice des comédiens refuse souvent aux auteurs leur entrée à la Comédie, Nous ordonnons de laisser entrer ceux des pièces reçues et jouées, excepté ceux qui, après avoir travaillé pour la Comédie, travailleront pour les foires [2], et ceux qui seront convaincus de troubler le spectacle « par des cabales et critiques injurieuses », après que la preuve aura été faite devant Nous. Le comédien contrevenant à cet ordre payera 20 livres d'amende.....

Le règlement donné par les Gentilshommes, le 15 novembre 1719,[3] porte :

---

1. Ce document n'existe qu'en manuscrit aux Arch. Nat.

2. La Comédie était en pleine querelle avec les forains et ne manquait jamais l'occasion de vexer les écrivains qui l'abandonnaient pour pactiser avec ses ennemis.

3. Imprimé à la suite des *Anciens Réglemens faits... en 1697*, etc.

Art. 3. — La distribution des rôles appartient aux auteurs ; les comédiens qui feront difficulté d'en accepter un payeront une amende de 100 livres, applicable à la masse, et encourront plus grande peine, le cas échéant.

Art. 4. — Les Gentilshommes se réservent la distribution des pièces anonymes, sauf aux auteurs de se faire connaître à eux et de leur faire des remontrances.

Art. 5. — Les auteurs présenteront désormais au Gentilhomme en année leurs pièces, afin de prévenir toute discussion avec les comédiens.

Art. 8. — Les comédiens et comédiennes se trouveront exactement aux répétitions, aux lectures des pièces nouvelles, à peine de 10 livres d'amende à chacun des contrevenants toutes les fois qu'ils y manqueront sans cause légitime jugée telle par la troupe, ladite amende applicable à ladite troupe...

Art. 18. — « Sur ce qui Nous a été remontré par les Autheurs qui ont travaillé et fait des Pièces, lesquelles ont été reçûes par la Troupe et ont contribué aux Divertissemens du Public, que souvent on leur refusoit l'entrée à la Comedie, suivant le caprice de celui des Comediens qui se trouvoit à la porte, contre le droit et l'usage dans lequel les Autheurs ont toûjours été ; ce qui pourroit refroidir le zele qu'ils pourroient avoir de travailler pour le plaisir du Public et l'utilité même de la Troupe : » ordre aux comédiens de donner, suivant l'ancien usage, ses entrées à l'auteur d'une pièce reçue et jouée, à peine de 20 livres d'amende applicable aux pauvres contre le contrevenant. Toutefois, les auteurs qui en pourront jouir leur vie durant seront ceux qui auront au moins donné une pièce en trois actes; ceux qui n'en donneront qu'une en un acte n'en jouiront que pendant trois ans. Le présent règlement n'aura pas de rétroactivité, et les auteurs qui ont déjà leur entrée la conserveront. Ceux qui seront convaincus de troubler le spectacle par des cabales ou des critiques injurieuses en seront privés, après que les comédiens auront administré les preuves devant les Gentilshommes.

Art. 19. — Des deux auteurs d'une pièce, l'un seul aura l'entrée et la rétribution.

Le 12 août 1720, les comédiens décident en assemblée qu'à l'avenir :

Les parts d'auteurs suivront les règles de 650 livres, ainsi qu'elles avaient été réglées ci-devant[1].

1. Cette phrase signifie probablement que le *minimum* de 550 livres (en hiver) fut un moment porté à 650 livres. Nous ne trouvons rien à ce sujet dans les registres de la Comédie. Ce régime, que d'ailleurs ne confirma, ni la première ni la seconde fois, aucun règlement des Gentilshommes, dut être peu de temps en vigueur.

Le 8 janvier 1722, ils introduisent, suivant Léris, un nouvel usage. Auparavant, ils ne donnaient une petite pièce avec la grande qu'à la huitième ou dixième représentation de celle-ci, ce qui faisait croire au public qu'elle commençait à tomber. La Motte obtint qu'on donnât immédiatement une petite pièce avec *Romulus*, et, depuis lors, cet usage fut constamment suivi.

Le règlement de 1697 fut, nous l'avons dit, renouvelé et publié le 8 mai 1726. Cet imprimé est intitulé : *Anciennes Regles de MM. les auteurs avec les Comediens du Roi, qui ont été executez ci-devant, et qui doivent l'être indispensablement à l'avenir pour leur bien commun, à moins qu'il ne soit fait entr'eux, par écrit, quelques conditions particulieres qui y dérogent.*

Le 18 avril 1746, la Comédie décide que :

L'assemblée aura lieu le lundi à dix heures et demie, sous peine, pour les absents, de la privation du jeton. Les lectures des pièces, réglées à la même heure et dans les mêmes conditions que les assemblées, ne pourront être indiquées que par les rapports des semainiers ou d'un comédien, qui jugeront si elles sont dignes d'être faites en assemblée. Les répétitions se feront aux heures déjà fixées ; l'on infligera une amende de 3 livres aux absents. Si quelqu'un tombe malade, ou si l'on est obligé de changer la pièce après que les affiches sont posées, les semainiers convoqueront une assemblée où tout le monde devra se trouver, à peine de 3 livres d'amende pour les manquants, à moins qu'ils ne consentent à ce qui aura été décidé en leur absence.

Le 21 mars 1749, un arrêt du conseil déclara les parts d'auteurs insaisissables, à propos de Crébillon, qu'une opposition faite entre les mains des comédiens empêchait de toucher ses droits pour *Catilina*.

V

On le voit, les auteurs sont absolument à la merci des comédiens, qui, soit dans des règlements faits en assemblée, soit dans ceux qu'ils inspirent à la Supériorité, disposent sur leurs intérêts, sans même les consulter. Cet abus devait exister longtemps encore. Ni l'arrêt du Conseil du 18 juin 1757, qui donne à la Comédie-Française une existence légale, ni l'acte de société du 9 juin 1758 ne font seulement allusion aux auteurs dramatiques. Seul, le règlement d'administration intérieure du 23 décembre 1757 [1], donné par les Gen-

1. Ce règlement, qui a été seulement analysé, dans

tilshommes, règle leurs rapports avec les comédiens, dans les articles 40 à 66. Il constate (art. 40) que les anciens règlements ne sont plus exécutés, et reconnaît, d'ailleurs, la nécessité d'y apporter des modifications. Puis, il décide que :

ART. 41. — La proposition d'une pièce nouvelle est adressée au second semainier, qui en informe l'assemblée le lundi suivant, après le règlement du répertoire.

ART. 42. — A cette assemblée, on fixe pour la lecture un jour autre que le lundi, dont le second semainier informe l'auteur ou la personne qui présente la pièce.

ART. 43. — Chaque acteur ou actrice présent à la lecture reçoit un jeton d'une valeur de 3 livres.

ART. 44. L'auteur seul ou celui qui lit la pièce a le droit de venir à cette assemblée, à moins d'une permission expresse des Gentilshommes ou de l'Intendant des Menus, sous peine, pour les comédiens, de 300 livres d'amende.

---

les Trois Théâtres de Paris, par Des Essarts, et, par du Coudray, dans les *Annales dramatiques*, n'a été publié intégralement qu'à la suite de la brochure intitulée : *Arrest du Conseil d'Etat du Roi, lettres patentes*, etc. (1761), brochure dont nous connaissons très peu d'exemplaires. Il existe également en manuscrit dans un registre de la Comédie.

ART. 45. — La pièce, lue, est discutée, s'il y a lieu, entre les comédiens et l'auteur. Puis celui-ci se retire.

ART. 46. — Chaque comédien est pourvu, par les soins du premier semainier, de trois fèves : l'une blanche, pour l'acceptation simple ; l'autre marbrée, pour l'acceptation avec changements ; la troisième noire, pour le refus.

ART. 47. — Quand l'auteur s'est retiré, chacun, par ordre d'ancienneté, donne son avis ; puis, après discussion, l'on procède par voie de scrutin et non par acclamation, afin d'éviter toute animosité. Puis le second semainier apprend la décision à l'auteur.

ART. 48. — S'il est question de changements, le second semainier ou tel autre comédien choisi par la troupe est chargé de les indiquer à l'auteur.

ART. 49. — Dans le cas où ce dernier s'y soumet, il peut demander une seconde lecture, qui se fait dans la même forme que la première, et après laquelle il est décidé du sort de la pièce seulement par fèves blanches ou noires.

ART. 50. — Les comédiens doivent garder le secret sur ce qui se passe dans ces assemblées, sous peine, en cas de contravention prouvée, de privation de voix active et passive et de droit de présence aux assemblées et aux lectures pendant un espace de temps fixé par les Gentilshommes.

ART. 51. — La pièce reçue, avant ou après

changements, l'auteur se munit de l'approbation de la police (censure), puis il arrête avec les comédiens l'époque où elle sera jouée; cette époque est inscrite sur le registre des délibérations.

Art. 52. — Aucune pièce n'est jouée qu'après que l'auteur l'a présentée au Gentilhomme en exercice.

Art. 53.— L'auteur fait la distribution comme il lui plaît; il la donne au second semainier, qui la communique à l'assemblée. Personne ne peut, sans raisons valables soumises à l'approbation des Gentilshommes, refuser un rôle, même sous prétexte qu'il n'est pas de son emploi, à peine de 50 livres d'amende applicables à la masse, et de plus grande peine, si les Gentilshommes le jugent opportun.

Art. 54. — Quant aux pièces anonymes, l'assemblée en fait la distribution; les Gentilshommes l'approuvent ou l'improuvent, sauf réclamation des auteurs, s'ils se font connaître ensuite.

Art. 55. — Les comédiens sont tenus de jouer les pièces à l'époque arrêtée et de remplir avec exactitude leurs engagements avec les auteurs, sous peine de 300 livres d'amende, dont un tiers applicable aux pauvres de la paroisse, et les deux autres mis en séquestre pour être distribués suivant l'ordre des Gentilshommes. Si la représentation de la pièce manque par la faute d'un comédien, l'amende est payée par lui; elle l'est également par les semainiers, s'ils n'ont pas dénoncé le coupable.

ART. 56. — La part d'auteur est du neuvième de la recette pour les pièces en cinq actes tragiques et comiques, du douzième pour la pièces en trois actes, et du dix-huitième pour celles en un acte. Ces parts sont prises sur la recette nette, après prélèvement des frais ordinaires et journaliers.

ART. 57. — Les auteurs ont le droit de donner des billets pour la représentation de leurs pièces, tant qu'ils en retirent des parts, savoir : six billets d'amphithéâtre pour les pièces en cinq actes, quatre pour celles en trois, deux pour celles en un. L'excédant de ce nombre de billets est défalqué de la part de l'auteur, ainsi que les billets de parterre, dont les semainiers d'ailleurs ne peuvent délivrer plus de vingt.

ART. 58. — L'auteur peut interrompre les représentations de sa pièce dans la nouveauté pour se ménager une reprise à une époque dont il convient avec la Comédie.

ART. 59. — S'il ne les interrompt pas, elles continuent, et il touche ses droits jusqu'à ce que la recette descende, deux fois de suite ou trois fois en différents temps, au-dessous de 1,200 livres l'hiver, de 800 l'été [1]. La pièce devient alors la propriété des comédiens.

---

1. On voit que les *minima* de 550 et de 350 livres

Art. 60. Si elle est reprise, après interruption, l'auteur ne peut plus la retirer de nouveau, et elle est représentée jusqu'à ce que la recette tombe une seule fois au-dessous des chiffres ci-dessus. Elle devient alors la propriété des comédiens.

Art. 61. — L'auteur d'une pièce nouvelle a le choix, après la sixième représentation, des pièces au courant du répertoire qui seront jouées avec la sienne. Il les indique aux semainiers, qui les font mettre sur le répertoire de la semaine. Les Gentilshommes sont juges des contestations qui peuvent survenir....

Art. 63. — L'auteur de deux pièces en cinq actes, celui de trois en trois, celui de quatre en un, ont leur entrée à vie.

Art. 64. — Celui d'une pièce en cinq actes l'a pendant trois ans ; d'une en trois actes, pendant deux ; d'une en un acte, pendant un an.

Art. 65. — L'auteur jouit de son entrée aussitôt après la réception de sa pièce.

Art. 66. — Les comédiens le laissent entrer dans toute la salle, excepté à l'orchestre, aux deuxièmes loges et au parterre, à peine, en cas de contravention de la part de l'un d'eux, de 20

étaient élevés par cette mesure. Mais il faut se rappeler que, depuis soixante ans, surtout depuis la révolution qu'apporta le système de Law dans le numéraire, la valeur de l'argent avait fort diminué.

livres d'amende applicables aux pauvres de la paroisse. Si un auteur trouble le spectacle par des cabales ou des critiques injurieuses, il est privé de ses entrées, après la preuve faite devant les Gentilshommes.

A la date de 1761, de Mouhy nous signale un arrêt du Parlement déclarant la nullité de la réclamation du neuvième, par les auteurs, passé le temps de la prescription.

Le règlement général de 1757 fut modifié par celui du 1er juillet 1766 [1]. Voici le résumé des vingt-un paragraphes de l'article VIII, qui concerne les pièces nouvelles et les auteurs :

1. — Aucune pièce n'est lue à l'assemblée, qu'un comédien ne certifie qu'elle est digne de l'être. Les pièces apportées sont mises sur le bureau, et on leur nomme un examinateur. Le Comité [2] prend le titre de la pièce et le nom de l'examinateur, afin d'éviter qu'aucun ouvrage ne s'égare. Si l'examinateur la juge indigne de la lecture générale, il donne ses raisons par écrit,

1. Nous n'avons, dans nos recherches à la Comédie, trouvé nulle part ce règlement. Par bonheur, de Mouhy l'a reproduit entièrement dans son *Abrégé de l'Histoire du Théâtre-François.*

2. Comité établi par ce même règlement.

« le plus honnêtement qu'il sera possible », et le premier semainier les remet à l'auteur en lui rendant son manuscrit ; sinon, elle est inscrite à son rang.

2. — Suivant la date et sans faire de passe-droit, on convient d'un jour autre que le lundi pour en entendre la lecture. Le Comité prévient l'auteur ou celui qui a présenté l'ouvrage de ce jour. Chaque acteur ou actrice présent reçoit un jeton de la valeur de 3 liv.

3. — L'auteur seul ou celui qui lit la pièce a le droit de venir à cette assemblée, sous peine pour la troupe de 300 liv. d'amende applicables à la caisse des amendes.

4. — Pour obvier aux cabales des comédiens, au favoritisme dans la distribution, l'auteur, avant la lecture, remet au Comité la distribution cachetée, qui, si l'ouvrage est reçu, est lue tout de suite, s'il n'est reçu qu'à corrections, est renfermée dans l'armoire du semainier, lequel en répond et la représente à la seconde lecture, et, s'il est refusé, est rendue à l'auteur non décachetée.

5. — La pièce lue, chaque acteur ou actrice ayant acquis du consentement des Gentilshommes voix délibérative écrit poliment et clairement ses motifs d'acceptation, de correction ou de refus, et remet cet avis au premier semainier, qui le lit à l'auteur.

6. — Si elle est reçue à corrections, le Comité,

avant que le semainier jette au feu les papiers, remet à l'auteur un extrait des réflexions faites sur sa pièce, afin qu'il puisse travailler en conséquence.

7. — S'il se soumet aux corrections, il peut demander une seconde lecture, qui se fait dans la même forme que la première et après laquelle la pièce est ou refusée ou acceptée.

8. — *Identique à l'art.* 50 *du règlement de* 1757. (Voir page 36)

9. — Le Comité fait immédiatement inscrire, au-dessous du titre des pièces, avec la date précise, le genre de décision dont elles sont l'objet, afin qu'elles puissent être jouées à leur tour de réception.

10. — Une pièce étant reçue et son tour arrivant, l'auteur se munit de l'approbation de la police, puis il envoie les rôles aux acteurs, suivant la distribution remise avant la lecture, à moins de changements survenus depuis dans la troupe, auquel cas il apporte ceux qu'il lui plaît dans la distribution, les Gentilshommes restant juges des difficultés.

11. — Personne ne peut, sans raisons valables soumises à l'approbation des Gentilshommes, refuser un rôle de son emploi donné par l'auteur, à peine de 100 liv. d'amende, applicables à la caisse des amendes, pour la première fois, et, en cas de récidive, de la privation de sa part

dans les représentations de la pièce dans laquelle il aura refusé de jouer.

12. — L'auteur d'une pièce anonyme doit envoyer sa distribution cachetée au Comité, de la même écriture que la pièce, et se conformer aux règles ci-dessus.

13. — Les comédiens ne peuvent, sous aucun prétexte, sinon pour des motifs graves dont la connaissance est réservée aux Gentilshommes, refuser de jouer une pièce reçue, ni en retarder les représentations, sans le consentement de l'auteur. Celui par la faute de qui la représentation est retardée paie 100 liv. d'amende, applicables à la caisse des amendes.

14. — *Identique à l'art.* 56 *du règlement de* 1757. (Voir page 38.)

15.— *Identique à l'art.* 57 *du même.*(V. p. 38.)

16. — La pièce n'ayant pas eu, en hiver, douze représentations au-dessus de 1,200 liv., en été dix au-dessus de 800, ne confère pas à l'auteur le droit de demander une reprise. Si elle les a eues, l'auteur peut la retirer pour se ménager une reprise à une époque dont il convient avec les comédiens. L'hiver se compte du 15 novembre au 15 mai; l'été, du 15 mai au 15 novembre. Si, dans le cours des dix ou douze représentations, une seule est descendue au-dessous des chiffres indiqués, l'auteur ne perd pas son droit; si deux, oui.

17. — Si la pièce est reprise après interrup-

tion, l'auteur ne peut plus la retirer de nouveau, et elle est représentée jusqu'à ce que la recette tombe une fois au-dessous de 1,200 liv. en hiver, et de 800 l'été. Elle devient alors la propriété des comédiens. Si, dans la nouveauté ou à la reprise, les représentations sont interrompues par la maladie d'un acteur ou quelque événement indépendant de l'auteur, les droits de ce dernier n'en sont pas atteints et restent réglés comme ci-dessus.

18. — *Identique à l'art.* 63 *du règlement de* 1757. (Voir page 39.)

19. — *Identique aux art.* 64 *et* 65 *du règlement de* 1757, *sauf ce texte :* ... d'une en trois *ou en deux* actes... (Voir page 39.)

20. — Les comédiens le laissent entrer dans toute la salle, excepté aux deuxièmes loges, aux troisièmes et au parterre, à peine de 20 liv. d'amende, applicables à la caisse des amendes. *Le reste comme dans l'art.* 66 *du règlement de* 1757. (Voir page 39).

21. — Ces dispositions seront lues aux auteurs avant la lecture de leurs pièces.

Les modifications apportées par ce règlement à celui de 1757 sont notables. Disons tout de suite que, dans la pratique, la plupart de ces obligations étaient presque aussitôt violées qu'ordonnées. Ici, comme en toute affaire théâtrale, le caractère fantaisiste et indiscipliné des comédiens enfreignait les prescriptions des Supérieurs avec d'autant plus de désinvolture, que cette même Supériorité était la première à leur donner l'exemple des infractions. La seule clause de ces règlements qui fût réellement observée, c'était le moment de la chute dans les règles, et encore la Comédie avait-elle mille moyens de le devancer. Dans peu de temps, ces fraudes serviront, et à bon droit, de texte aux récriminations des auteurs.

Nous avons retrouvé, aux Archives de la Comédie-Française, une expédition d'un mémoire anonyme, évidemment adressé par un comédien au Conseil du théâtre, sur les articles du règlement de 1766 relatifs aux auteurs; mais c'est avec surprise que nous le voyons daté du même jour que ce règlement (1er juillet 1766), attendu que plusieurs passages en accusent la rédaction postérieure. Il y est dit en substance :

La cause des discussions entre auteurs et comédiens provient notamment de ce que, à la lecture des pièces nouvelles, les avis donnés par récit ne sont point motivés d'une manière assez précise. Il y a des jugements tels que : *La pièce m'a fait plaisir* ; *je la reçois*, qui n'ont pas de sens et témoignent de l'incapacité de ceux qui les rendent. — Les pièces sont reçues trop légèrement. L'auteur propose de nouveau un moyen « qu'il a déjà proposé en 1766 » [1] et qui fut rejeté : ne recevoir définitivement les ouvrages que les rôles à la main, parce qu'alors l'illusion est moins grande. — On a tort de jeter au feu les avis, lorsqu'une pièce est refusée ; ils pourraient servir de moyens de défense lorsque la Comédie est attaquée par les auteurs. — Il est dit dans le règlement qu'une pièce n'aura pas plus de deux lectures ; loi sage, mais à laquelle les comédiens désobéissent les premiers. — Il faudrait préciser davantage la base du droit d'auteur, y comprendre avec sincérité les petites loges et en défalquer exactement les frais journaliers et extraordinaires. — Il faut également mieux spécifier l'époque à laquelle les pièces deviennent la propriété des comédiens. — Il faut fixer les règles d'hiver à 1,600 liv., celles d'été à 1,000, maintenant que la recette annuelle est de 500,000 liv. — Les auteurs qui auront obtenu leurs entrées à vie, c'est-à-dire donné deux pièces en cinq actes ou trois en trois, etc., devraient être quittes de l'examen préalable. — Il faut statuer, dans le règlement à faire [2], que l'usage de

1. Première preuve que cette fois il parle plus tard.
2. Les premiers règlements qui se firent après ce-

représenter alternativement une tragédie et une comédie nouvelle est devenu loi fixe et invariable, et qu'en conséquence on dressera un état des pièces à jouer à tour de rôle. — Il faut encore s'arranger de manière que, lors des pièces à spectacle, la Comédie ne supporte pas tous les frais ; aviser aux cas où les voix se partagent ; éviter que certains auteurs, qui jouissent de leur entrée aussitôt après la réception de leur pièce, n'en puissent ajourner indéfiniment la représentation, afin de conserver toujours leur entrée.

---

lui de 1766 datent de 1774. C'est donc probablement à cette année, sans doute à avril, qu'il faut reporter les présentes observations.

V

Le règlement de 1766 fut la base des relations entre les auteurs et les comédiens jusqu'en 1780. Toutefois, il subit, avant cette époque, diverses modifications.

Le 1er avril 1768, les maréchaux ducs de Duras et de Richelieu, Premiers Gentilshommes de la Chambre, enlèvent aux auteurs, par un article d'un petit règlement [1], le droît de distribuer les rôles de leurs pièces lorsqu'elles sont tombées dans les règles.

Le 24 novembre 1770, un règlement [2] de

1. 2. En manuscrit aux Arch. Com.-Fr.

Richelieu fait, entre autres prescriptions, la suivante :

Le Comité préviendra, sous peine de 10 liv. d'amende, les comédiens qui assisteront dorénavant aux lectures des pièces, qu'ils aient à motiver et à signer leurs avis, à peine de nullité de leurs votes. Quand une pièce sera refusée à la pluralité des voix, tous les avis seront brûlés en présence de l'assemblée ; quand elle sera reçue, ils seront mis dans une enveloppe cachetée, nous seront remis après la première représentation, et brûlés en cas de chute, attendu que nous désirons seulement connaître quels sont les comédiens capables de donner leur avis.

Le 11 janvier 1774, un ordre [1] de Duras à Lavoy, receveur des billets du parterre, prescrit l'observation de l'article 15 du règlement de 1766, qui fixe le nombre des billets d'auteurs.

Le 14 suivant [2], le même personnage ordonne aux comédiens de ne discuter dorénavant avec les auteurs que par écrit, afin d'éviter les querelles, et d'observer les règlements, sans négliger toutefois d'être convenables dans la forme.

1. 2. En manuscrit aux Arch. Com.-Fr.

Le 21 [1], Duras réitère à Lavoy l'ordre du 11, à peine de punition sévère et de 300 liv. d'amende à celui qui l'engagerait à désobéir.

Le 14 avril, un ordre [2] de Duras et de Richelieu décide que :

Le Comité juge si les pièces qu'on présente sont dignes d'être admises à la lecture devant l'assemblée générale. S'il les en juge indignes, il donne ses raisons par écrit. Sinon, il exige de l'auteur la remise de la distribution sous enveloppe, laquelle est mise au jour ou rendue après l'acceptation ou le refus définitif. Les avis pour ou contre doivent être motivés et signés, puis brûlés. Si la pièce est reçue, on en copie les rôles et l'on en fait, deux jours après, une seconde lecture, les rôles à la main. Après cette dernière épreuve, elle est définitivement acceptée ou refusée, toujours par jugements écrits. A partir de la présente année, les comédiens n'auront voix délibérative que cinq ans après leur réception; néanmoins, afin de pouvoir se former, ils devront assister aux lectures, à peine de 12 liv. d'amende.

Il existe, aux Archives de la Comédie, une réclamation anonyme contre la clause de ce règlement qui prescrit une troisième lecture

1. 2. En manuscrit aux Arch. Com.-Fr.

les rôles à la main. Elle est datée du 11 juin :

Le rédacteur nie le danger de l'illusion que produit un bon lecteur et appuie sur la nécessité d'obvier aux cabales que provoque la réception des pièces dans l'intérieur de la Comédie. Il prétend démontrer que le règlement va contre le but poursuivi. En supposant même, dit-il, que l'illusion en question amènerait un excès de complaisance, ce résultat serait moins nuisible que le résultat contraire. La Comédie ne donnera jamais trop de nouveautés; elle doit encourager le plus possible les auteurs. La sévérité des comédiens est une loi de rigueur qui anticipe sur le jugement du public. Elle diminue le répertoire, à l'augmentation duquel est intéressée la gloire de la Comédie. Il ne faut pas exposer les comédiens à refuser un bon ouvrage : on n'a jamais réclamé contre leur indulgence, et l'on a toujours attaqué leurs erreurs. Avec ce genre de lecture, ces erreurs deviendront plus nombreuses par la mauvaise humeur, la négligence ou la prévention; tandis qu'un lecteur unique produit une unité d'impression suffisante à décider la Comédie. Loin encore de diminuer les cabales, ce système les favorise, surtout celles qui se montent pour rejeter les pièces, etc., etc. Enfin, les Gentilshommes sont priés de rapporter le règlement.

Ces derniers, croyons-nous, le rapportèrent.

Le 27 juillet 1774, Duras en fit un nouveau[1] :

Les comédiens dresseront un tableau composé de trois colonnes : la première contenant les comédies et drames en cinq et quatre actes; la seconde, les tragédies; la troisième, les comédies en un, deux et trois actes. Dans ces trois colonnes, les pièces seront inscrites suivant leur ordre de réception.

1. — Les comédiens joueront la première pièce de la première colonne, puis la première de la deuxième colonne, puis la première de la troisième; ensuite, la deuxième pièce de la première colonne, puis la deuxième de la deuxième, et ainsi de suite.

2. — Quand une pièce de n'importe quelle colonne a été supprimée par des raisons valables approuvées par les Gentilshommes ou par la police, elle est remplacée par celle qui la suit immédiatement dans la même colonne, laquelle pièce est jouée quand vient le tour de celle qu'elle remplace.

3. — Toutes les pièces reçues dans la suite seront inscrites sur le tableau et, par ordre de

---

1. En manuscrit aux Arch. Com.-Fr.

réception, dans la colonne qu'elles doivent occuper, afin d'être jouées à leur tour.

4. — Néanmoins, pour accorder aux comédies en cinq actes la préférence qu'elles méritent, quand une pièce de la troisième colonne, dont le tour arrivera d'après le tableau, sera postérieure, par sa réception, à la réception d'une comédie en cinq actes, on suivra, en faveur de cette dernière, l'ordre de réception et non celui du tableau, dont on ne reprendra le cours qu'après la représentation de la comédie en cinq actes ; de sorte que, dans le cas où l'on viendrait de jouer une grande comédie et une tragédie, on reprendra une grande comédie, une tragédie et cette petite pièce de la troisième colonne.

5. — Si des pièces interdites par la police sont autorisées ensuite, elles sont replacées dans les colonnes auxquelles elles appartiennent suivant la date de leur réception.

6. — Lorsque, dans le tableau, le nombre des pièces de chaque colonne n'est pas égal, les comédiens substituent, à la place des pièces nouvelles qui manquent à la fin d'une colonne, des pièces du même genre prises dans le répertoire.

7. — Lorsqu'un auteur, son tour arrivé, refuse d'être joué, sa pièce est transportée à la fin de sa colonne.

Le 21 août suivant, un ordre de Richelieu fixa le nombre des billets d'auteurs à soixante pour les trois premières représentations, et à vingt pour les suivantes [1].

---

1. En manuscrit aux Arch. Com.-Fr. Cet ordre, qui porte une telle exagération du nombre des billets d'auteurs, fut sans doute surpris à Richelieu par quelque écrivain, et ne dut jamais être exécuté.

VI

Les dernières pages du mémoire que nous avons analysé plus haut, mémoire si soucieux de ne pas mécontenter les auteurs dramatiques, laissent déjà percer la crainte qu'avaient alors les comédiens de voir s'élever un second Théâtre-Français. En 1768, un ouvrage intitulé : *Causes de la décadence du goût sur le théâtre*, les avait attaqués vivement, et, la même année, Rochon de Chabannes réclamait, à grand bruit, cette deuxième scène. Cailhava, récemment, avait aussi publié ses *Causes de la décadence du Théâtre-Français et moyens de le faire refleurir*, *augmentées d'un plan pour l'établissement d'un second*

Théâtre-Français. Depuis quelques années, les auteurs avaient déclaré la guerre aux comédiens. En 1769, de Belloy se prit de querelle avec eux à propos d'une reprise du *Siége de Calais*, et eut gain de cause auprès de l'Autorité, sans néanmoins pouvoir obtenir un privilége pour faire imprimer ses pièces avec permission à tous les théâtres, sauf à la Comédie, de les jouer. On ajoute que ces discussions le firent mourir de chagrin. Les comédiens prenaient avec les auteurs des airs de mandarins, sur lesquels il a été raconté mille anecdotes, et que ces derniers supportaient avec d'autant moins de patience que, depuis un siècle, ils avaient monté considérablement dans l'estime publique. Puis, ce qui est aussi grave, les comédiens arrangeaient leurs comptes de manière que les pièces tombassent dans les règles, déjà si dures, avant le temps légal, et que les auteurs ne retirassent même pas le bénéfice insuffisant auquel ils avaient droit. En 1773, Mercier, dans un chapitre de son *Essai sur l'art dramatique*, les maltraita ; ceux-ci refusèrent de jouer un de ses drames, qui était reçu, et d'en recevoir un autre qu'il présentait. Alors, il fit paraître un mémoire concluant à ce que ses adversaires fussent contraints de représenter sa pièce, et punis pour l'avoir traité de libelliste dans leurs registres. En 1774, Lonvay de la Saussaye eut également un différend avec eux. Il avait recommandé la simplicité dans la mise en scène de sa *Journée lacédémonienne*. Cet ordre déplut aux actrices, qui n'en tinrent pas compte. Il insista. La Comédie, piquée, monta la pièce avec encore plus de luxe que d'ordinaire, et, lorsque l'auteur vint pour toucher ses droits, loin de lui en attribuer, on lui présenta ironiquement, sous prétexte de frais extraordinaires, une note à payer de 101 liv. 8 sols, 6 deniers. Lui, furieux, de publier un mémoire ; mais la question, portée au Conseil, y resta enterrée. Puis, ce furent Palissot, qui fit contre les actrices une épître satirique, Bohaire, Cailhava derechef, le chevalier de Coudray.

L'affaire de Mercier se poursuivit. En 1775, le dramaturge présente une requête à la Grand'Chambre, et son avocat, Henrion de Pansey, publie un long mémoire dans lequel il revient également sur les réclamations de Lonvay. Mercier voit alors supprimer ses entrées, et il est tancé vertement par le Lieutenant de police sur les violences du mémoire.

Il reste inébranlable. Menacé par Duras d'une lettre de cachet, il va se mettre sous la protection du Parlement, et la lettre, déjà faite, est révoquée. La querelle s'envenime. De nouveaux mémoires paraissent, de Henrion, de François de Neufchâteau, de Mallet. Malesherbes, favorable aux gens de lettres, se charge du rapport au Conseil. Noprats et Serée appuient d'une consultation, le 8 avril, un mémoire que rédige Palissot à propos du refus de ses *Courtisanes*, et, quelque temps après, Cailhava publie une lettre, adressée à ce dernier, sur le refus en question, dans laquelle il attaque les comédiens et propose un comité de lecture composé de gens de lettres. Cette idée n'était pas neuve. En 1770 déjà, Restif de la Bretonne, l'auteur de ce plan de réforme théâtrale, *la Mimographe*, où la fantaisie est alliée si étrangement à une incontestable élévation de vues, avait proposé la formation d'un comité de lecture mixte composé des quatre plus anciens auteurs dramatiques, de huit comédiens et comédiennes, et de quatre *acteurs vétérans ;* il demandait aussi l'accroissement de la part d'auteur.

Cependant, les autres écrivains faisaient *chorus :* La Harpe, Le Blanc, Sauvigny, La

Place, Sedaine, Renou. Les journalistes Lefuel de Méricourt, Linguet et Kerlon les soutenaient. Les principaux griefs contre les comédiens étaient : leur insolence envers les auteurs : la violation des règlements à laquelle ils se livraient, intervertissant l'ordre des pièces reçues et en prorogeant certaines à l'infini ; diminuant de moitié les droits d'auteurs au moyen de la falsification des recettes par des concessions d'entrées et d'abonnements abusifs, par la création des petites loges : la fixation arbitraire du quart : l'exagération des frais : la compensation inexacte entre les frais journaliers et la recette des petites loges. — Ces ruses, disaient les auteurs, déterminent prématurément la chute dans les règles ; elles réduisent le neuvième légal qui nous est attribué au vingtième, perte qu'est loin de compenser, à nos yeux, la décision prise, en 1769, par la Comédie, d'accorder 800 liv. de pension viagère aux deux d'entre nous qui auront le mieux mérité d'elle. Nous ne voulons de preuve plus évidente de ses torts que sa persistance à ne nous faire connaître que des recettes partielles et à nous refuser des comptes en règle.

Mercier, dans son mémoire, contestait

l'autorité des Premiers Gentilshommes de la Chambre et la compétence du Conseil ; il attaquait le règlement de 1766 comme illégal, parce qu'il n'avait pas été enregistré, et ne reconnaissait que celui du 23 décembre 1757, comme le seul qu'eût ordonné de faire l'arrêt du 18 juin. Le dramaturge était assez naïf pour croire à la légalité en matière théâtrale ! Il s'était fait recevoir avocat pour pouvoir plaider lui-même son procès. Après s'être arrangé de manière à faire constater le refus de le laisser entrer à la Comédie, il assigna les comédiens au Châtelet. Ceux-ci furent condamnés par défaut à deux cents écus de dommages-intérêts. Mais ils parvinrent à faire évoquer au Conseil cet autre procès comme annexe au premier, et, le 24 juin 1775, un arrêt évoqua en principe à cette Cour toutes contestations relatives aux règlements faits par les Gentilshommes et supprima le « libelle » de Mercier [1].

En 1776 et 1777, la guerre continua sous forme de pamphlets dramatiques. La Comé-

1. Voir également, dans *Beaumarchais et son temps*, de M. de Loménie, le mémoire adressé par Sedaine à Beaumarchais sur les rapports des auteurs et des comédiens, daté de juin 1775.

die joua *la Lecture interrompue*, du chevalier de Cubières, d'abord intitulée *le Dramomane*, une personnalité contre Mercier ; et les auteurs publièrent *les Comédiens, ou le Foyer*, pièce satirique contre leurs adversaires.

Mais un vigoureux auxiliaire venait de leur surgir, Beaumarchais, le véritable fondateur de la Société des auteurs dramatiques. Toutes les questions d'émancipation étaient à l'ordre du jour. La propriété littéraire des livres allait être garantie par des arrêts de 1777 et de 1778. Beaumarchais voulut hardiment revendiquer les mêmes droits en faveur de celle des ouvrages dramatiques.

En 1776, Richelieu, le voyant aimé des comédiens, à cause du don qu'il leur avait fait de ses deux premières pièces, le choisit pour étudier la question. Il lui donna l'autorisation d'examiner leurs registres; mais ceux-ci les lui refusèrent.

Beaumarchais, dont on jouait alors *le Barbier*, attendit qu'il eût le droit de les réclamer. Lorsque ce moment arriva, il se vit refuser même un bordereau signé de son compte. Les péripéties de cette affaire ont été plaisamment narrées par lui-même dans son *Compte rendu de l'affaire des Auteurs dramatiques et des Comédiens-Français*, publié en 1780. C'est d'après cet ouvrage que M. de Loménie les a racontées, en y joignant quelques lettres inédites. Nous nous bornerons à les analyser rapidement, préférant insister sur les documents des Archives de la Comédie-Française qui ont échappé au disert biographe du père de *Figaro* [1].

Duras, à qui l'on s'est adressé de part et d'autre, conseille à Beaumarchais d'abandonner la demande d'un compte exact, qui embarrasse les comédiens vis-à-vis des auteurs, et l'invite chaudement à se consulter avec ses collègues pour lui soumettre un plan de réforme. Quant à la Comédie, qui réclame, il menace de la refondre d'autorité.

Beaumarchais convoque les auteurs à dîner chez lui, par une circulaire du 27 juin 1777, date mémorable, celle de la fondation de la Société. Il recrute ainsi La Harpe, Saurin, Sauvigny, Dorat, Bret, Marmontel, Poinsinet de Sivry, Chamfort, Lemierre, Rochon

1. Il existe également, dans les cartons des Arch. Nat. relatifs à la Comédie-Française, beaucoup de documents sur ce fameux démêlé.

de Chabannes, La Place, Blin de Sainmore, Gudin de la Brenellerie, Dudoyer, Lefèvre, Ducis, Favart, Lemonnier, Barthe, Le Blant, Rousseau, Cailhava. On s'assemble le 3 juillet, et l'on nomme quatre commissaires pour travailler à un projet de règlement : Beaumarchais, Saurin, Marmontel et Sedaine.

De cette collaboration naquit un premier mémoire présenté à Duras. Nous ne le retrouvons pas aux Archives de la Comédie. Framery prétend que les auteurs y proposaient la reconnaissance de la propriété littéraire perpétuelle — et un mémoire des comédiens assure qu'ils y émirent la prétention de se rendre maîtres de la Comédie, de la réception des pièces et même de la présidence des assemblées, ainsi que de retirer leurs pièces quand elles seraient tombées deux fois de suite à 1,500 liv. en hiver et à 1,100 en été, et de s'engager à ne plus faire don de leurs pièces aux comédiens non plus qu'à en traiter à forfait; enfin qu'ils n'insistèrent pas devant l'énergique protestation des comédiens. Nous ignorons ce qu'il peut y avoir d'exact dans ces allégations; mais on peut, en tous cas, supposer que, tout d'abord, les auteurs ne demandèrent le plus que pour obtenir le moins.

A ce mémoire, les comédiens répondirent par un autre [1] :

Les auteurs, dirent-ils, veulent nous dépouiller. Autrefois, ils ne montraient pas tant d'avidité. Voltaire, avec *Mérope*, n'a gagné que 3,689 liv., 6 sols; Piron, avec *la Métromanie*, que 3,028 liv.; Crébillon, avec *Electre*, que 1,440 liv.; Lesage, que 598 liv. avec *Turcaret. Le Barbier* a déjà rapporté 11,000 liv. à l'auteur; *la Veuve du Malabar*, 7,687 liv. à Lemierre. Les frais de la Comédie sont devenus énormes, et tout a augmenté des deux tiers depuis quatre-vingt-dix ans. Autrefois, on jouait *Zaïre* avec des habits moitié polonais, moitié houzards, et encore on les louait seulement pour les jours de représentation. Maintenant, « on observe le costume » : la garde-robe de Lekain lui a coûté 80,000 liv., celle de mademoiselle Clairon, 120,000 liv. [2], frais auxquels ne contribuent pas les auteurs. La profession d'écrivain n'est pas un métier spécial comme celle d'acteur : elle s'exerce en même temps que d'autres; elle conduit à la célébrité, aux honneurs. Celle de comédien est ingrate, exclusive de toute autre; on y est abreuvé de

1. Arch. Com.-Fr.

2. Ailleurs, les comédiens donnent des chiffres moins élevés. Voir notre *Histoire du droit des pauvres* (Dentu).

dégoûts, et l'on n'y recueille que 1,000 liv. de pension à la fin d'une longue carrière.

Des susceptibilités introduisirent bientôt la dissension dans le clan des auteurs, tandis que celui des comédiens marchait uni. Ces derniers avaient dans leur Conseil d'habiles avocats, entre autres le fameux Gerbier; ils parvinrent à se faire des alliés parmi leurs Supérieurs, à l'aide des dissolvants féminins dont ils disposaient, et parmi les auteurs, en jouant ou en promettant de jouer certaines pièces. Leur plan, conçu par Gerbier, fut de traîner l'affaire en longueur et de circonvenir Duras et Richelieu, qui, d'abord très chauds partisans de la réforme, s'efforcèrent ensuite de la contrecarrer. Néanmoins, ils avaient compté sans l'obstination et sans la rouerie de Beaumarchais, qui était de force à se mesurer avec tout leur Conseil.

Après trois ans de vains débats, d'intrigues racontées en détail dans le *Compte rendu* et au milieu desquelles Beaumarchais fut accusé de s'entendre avec les Gentilshommes pour jouer ses confrères, on engagea les commissaires des auteurs à reprendre la demande d'un compte exact aux comédiens. Cette fois,

La Ferté, intendant des Menus, fit communiquer à Beaumarchais les états de recettes et de dépenses de la Comédie pendant trois ans. C'est alors que l'auteur du *Barbier* s'aperçut, ainsi que d'ailleurs il s'en doutait, que les comédiens lui avaient donné beaucoup moins qu'il ne lui était dû pour son ouvrage, parce qu'ils exagéraient leurs frais et qu'ils ne faisaient pas entrer en compte le produit de l'abonnement et des petites loges.

Le 1er mars 1780, la Comédie s'assemble avec son Conseil. Gerbier lui expose ce qui suit :

Les Gentilshommes, ayant désiré voir se terminer la contestation qui existe entre les comédiens et les auteurs, ont nommé six des premiers pour s'entendre avec les commissaires des seconds, après avis du Conseil. Beaumarchais, dans une première conférence tenue chez Gerbier, le 22 janvier précédent, a déclaré qu'il ne tend pas à la modification du neuvième attribué aux auteurs, après défalcation des frais journaliers, mais que le décompte de ce neuvième se fait légèrement, comme le lui prouvent les états communiqués à propos du *Barbier*. Examinant ces états avec Gerbier et Jabineau de la Voute, il a dit qu'on doit regarder comme dépenses étrangères aux auteurs : les pensions des comédiens et employés retirés, les rentes de dettes et d'emprunts, les jetons de répertoire, ceux des pensionnaires, les feux, les gages des soldats, des assistants, les frais des voyages à la Cour, la capitation et le vingtième, les intérêts des fonds d'acteurs et même les parts d'auteurs. Il a fait remarquer ensuite que le nombre moyen annuel des jours de spectacle est 324. Or, le produit quotidien des petites loges, divisé par ce chiffre, est 800 liv. La Comédie, d'après le même calcul, ne doit également compter le quart que d'après l'abonnement (60,000 liv. par an, 185 liv. par jour), et non d'après son taux nominal [1]. Enfin, elle fait à tort une cotte mal taillée entre 300 liv. de frais journaliers et 300 liv. de produit quotidien des petites loges.

Gerbier a répondu que ses clients abandonnent les parts d'auteur, les jetons de lecture et de répertoire, les soldats, les assistants, les voyages à la Cour, la capitation et le vingtième, qui constituent des dépenses personnelles à la Comédie, mais non les autres articles. Si la Comédie n'a, jusqu'à présent, compté les petites loges que

---

1. Un fait curieux à noter, c'est que, dans le cours de ces démêlés, Beaumarchais menaça les comédiens de se rendre fermier du quart des pauvres. Ç'aurait été, surtout avec son humeur processive, un bon tour à leur jouer, car ils étaient bien vulnérables de ce côté. (Voir l'*Histoire du droit des pauvres.*)

300 liv. au lieu de 800, elle n'a, en compensation, évalué ses frais qu'à 300 liv. par jour, tandis qu'ils s'élèvent à une somme beaucoup plus forte. Quant à l'abonnement, le bénéfice qu'elle peut en retirer ne regarde personne; les auteurs ne sont pas les associés des comédiens, et n'ont aucun droit à profiter du rabais consenti par les Hôpitaux. A quoi Beaumarchais a objecté que c'est des frais réels qu'il faut s'occuper, et que les auteurs peuvent bien prendre en considération l'abonnement du quart, puisqu'on les force à y prendre celui des petites loges. Il s'est résumé en disant que les frais journaliers dans lesquels doivent entrer les auteurs sont de 721 liv. moins 185 liv. (le quart), c'est-à-dire de 536 liv., et que la Comédie les frustre du tiers de leurs droits.

Après dix conférences, Gerbier, voyant que l'entente était impossible, a proposé de trancher la différence par la moitié. Refus de Beaumarchais.

Enfin, à la suite de nouveaux pourparlers, la Comédie et son Conseil, désirant la conciliation, ont offert aux auteurs de leur faire justice sur les dix articles indiqués plus haut, de convenir avec eux d'un examen ultérieur des dettes de la Comédie, de ne compter le quart que d'après l'abonnement, et les petites loges que d'après le taux exact des baux et des abonnements, si, moyennant ces concessions, ils consentent à ne plus élever de difficultés sur les autres articles. Beaumarchais a accepté, sauf examen de ces articles, qu'on ne lui avait fait connaître que sommairement.

Le 5 mars, une nouvelle conférence a lieu chez Gerbier. Beaumarchais y propose, afin de mieux terminer le différend, de fixer, pour les frais journaliers, une moyenne dont les auteurs supporteront le neuvième. Cette proposition reçoit l'assentiment unanime. Les deux parties délibèrent séparément, et s'arrêtent ensuite au chiffre de 600 liv. par jour. On convient de proposer la ratification du traité à la Comédie assemblée.

Elle s'assemble le 11 mars et approuve. Il est donc résolu que :

Les frais seront dorénavant fixés à 600 liv. prélevées, ainsi que le quart, sur la recette brute, et que, sur le restant, les auteurs toucheront, jusqu'à ce que leurs pièces tombent dans les règles, le neuvième, le douzième ou le dix-huitième.

La Comédie devra traiter à l'amiable, avec l'auteur, des frais extraordinaires, avant la mise à l'étude de sa pièce. S'il juge que ces frais sont nécessaires, il y entrera pour un quinzième, et prendra cet engagement, par écrit, sur le registre de lecture.

L'auteur supportera le neuvième du quart ramené à son taux quotidien par le diviseur 324.

La recette journalière se composera : de la recette de la porte; de celle des loges louées à l'année sur le pied des baux ramenés au produit journalier; du produit, évalué sur le pied de l'intérêt à 10 %, des abonnements à vie; enfin de tout ce qui forme le produit de la recette.

On annexera le décompte du *Barbier* à la présente délibération, qui sera présentée à l'approbation des Gentilshommes et signée des commissaires des auteurs.

Cet accord est signé, le même jour, par les comédiens, approuvé, le 31, par les Gentilshommes et, le 7 mai, par les auteurs.

La paix semblait donc assurée. Mais, pendant ce temps, Gerbier minutait secrètement un arrêt qui revenait sur les concessions faites par les comédiens. Les auteurs n'en apprirent l'existence qu'un mois après. Ce qui les exaspéra le plus fut l'article 7, qui sanctionnait la principale disposition du règlement de 1757, en fixant à 1,200 et à 800 liv. les sommes qui provoquaient la chute dans les règles[1], et en ajoutant qu'il ne serait tenu compte que de la recette de la porte. Cet arrêt

1. Cependant, on n'était convenu de rien à ce sujet.

est daté du 17 mars ; il approuve et confirme un règlement fait quelques jours auparavant, le 12 (nous ignorons le motif de cette anticipation), et dont nous parlerons plus bas. Voici l'analyse de l'arrêt [1] :

. . . .

Art. 2. — La Comédie est régie et administrée par un Comité de six comédiens, deux comédiennes et un secrétaire perpétuel, sous la surveillance des Gentilshommes.

Art. 3. — Ce Comité sera d'abord composé de Préville, Brizard, Molé, Auger, Bouret, Monvel, de mesdemoiselles Bellecour et Préville, et de Desessarts, secrétaire, avec voix délibérative.

Art. 4. — Les deux membres les plus récents, par ordre de réception, de ceux le plus anciennement nommés au Comité, en sortent chaque année et sont remplacés par deux autres comédiens, choisis par les Gentilshommes parmi quatre sujets que présente le Comité, en les prenant parmi ceux qui ont au moins dix ans de réception.

Art. 5. — Si un membre se retire ou meurt, le Comité propose deux sujets aux Gentilshommes, qui en choisissent un.

Art. 6. — Le Roi casse et annule les réceptions faites jusqu'ici des pièces non jouées et permet

1. En manuscrit aux Arch. Com.-Fr.

aux auteurs de les présenter de nouveau à la lecture. Les pièces reçues au nouvel examen conserveront respectivement le rang d'ancienneté qu'elles possédaient. Les auteurs de celles qui y seront refusées conserveront leurs entrées pendant le temps auquel leur donnait droit la première réception.

ART. 7. — Les sommes qui déterminent la chute dans les règles continuent d'être 1,200 liv. en hiver, 800 en été ; on fait seulement entrer en compte la recette de la porte.

ART. 8. — Le Comité chargé du répertoire a seul le drot de choisir les petites pièces qui se jouent avec les pièces nouvelles ou remises.

ART. 9. — L'auteur d'une pièce reçue ne jouit de son entrée qu'à la quatrième représentation de la pièce qui précède la sienne.

ART. 10. — La part d'auteur est, comme par le passé, d'un neuvième pour les pièces en cinq actes, d'un douzième pour celles en trois, d'un dix-huitième pour celles en un. Elle est prise, après déduction des frais ordinaires et journaliers, fixés à 600 liv., sur la recette nette, comprenant la recette de la porte, le produit des loges louées à l'année et des abonnements. Les auteurs supportent un neuvième, un douzième ou un dix-huitième du quart. Ils peuvent néanmoins traiter à forfait de leurs pièces avec le Comité.

ART. 11. — *Identique aux art.* 57 *du règlement de* 1757 *et* 15 *de* 1766 (V. p. 38 et 43); *ajouter :* et seulement aux trois premières représentations, à peine de 300 liv. d'amende.

Art. 12. — En cas de difficultés, les Gentilshommes décident.

Art. 13. — Les comédiens ne peuvent manquer le service de la Cour, à peine de 300 liv. d'amende.

Art. 14. — Nul n'a de congé, pour aller jouer en province, qu'à la clôture et à charge de revenir au terme fixé, à peine de 500 liv. d'amende...

Maintenant, analysons les vingt articles du chapitre VIII du règlement du 12 mars, relatifs aux pièces nouvelles [1] :

Article 1er. — La proposition de toute pièce nouvelle est faite au Comité, qui convient d'un jour autre que le lundi pour en entendre la lecture, et le fait connaître à l'auteur.

Art. 2. — Ce dernier seul, ou son délégué, a le droit de venir au Comité. Il peut lui demander d'appeler quatre comédiens, dont deux à son choix, deux à celui du Comité.

Art. 3. — Une pièce ne peut être lue qu'après examen par un membre du Comité, choisi par l'auteur, ou, si celui-ci n'est pas connu, par le Comité, qui juge si elle est digne de la lecture.

Art. 4. — Elle est discutée, s'il y a lieu. Puis l'auteur se retire, et l'on délibère. La décision est

1. En manuscrit aux Arch. Com.-Fr.

mentionnée immédiatement sur le manuscrit et sur un registre spécial, ainsi que la date de la lecture, afin de constater le rang de l'ouvrage et de le jouer à son tour.

Art. 5. — S'il est reçu à correction, le Comité fait remettre à l'auteur un extrait de son avis motivé, ainsi que l'indication des changements qu'il désire. *Le reste comme dans l'art. 7 du règlement de* 1766 (V. p. 42).

Art. 6. — L'auteur se munit de l'approbation de la police; puis il convient, avec le Comité, de l'époque à laquelle sa pièce sera jouée. S'il consent à céder son tour, il prend la place de celui auquel il l'a cédé.

Art. 7. — Il a le droit de faire la distribution; il peut néanmoins se concerter à ce sujet avec le Comité. Le Comité distribue les rôles des pièces anonymes.

Art. 8. — Nul ne doit refuser, sans raisons valables, dont le Comité reste juge, le rôle attribué par l'auteur, à peine de privation de sa part dans le produit de la représentation de la pièce nouvelle.

Art. 9. — Les comédiens ne peuvent, si ce n'est pour motifs graves, appréciables par le Comité, refuser de jouer une pièce reçue, ni en retarder la représentation sans le consentement de l'auteur, à peine de 600 liv. d'amende applicables aux pauvres, parmi lesquels sont préférés les anciens gagistes et ouvriers de la Comédie.

Art. 10. — Il en est de même pour toutes les pièces qui sont reprises, dont le succès n'a pas été équivoque et dont l'auteur mérite d'être encouragé.

Art. 11. — Dans les pièces nouvelles, les acteurs ne peuvent céder leur rôles à leurs doubles que du consentement des auteurs et sur motifs approuvés par le Comité.

Art. 12. — Si l'auteur ne veut pas interrompre les représentations de sa pièce, elles sont continuées, et il conserve ses droits jusqu'à ce que la recette soit tombée deux fois au-dessous des sommes indiquées ci-après.

Art. 13. — *Identique à l'art.* 16 *du règlement de* 1766 (V. p. 43).

Art. 14. — *Identique à l'art.* 17 *du même, sauf le remplacement de* 1,200 *liv. et* 800 *liv. par* 1,400 *liv. et* 1,000 *liv.* (V. p. 43).

Art. 15. — *Identique aux art.* 63 *des règlements de* 1757 *et* 18 *de* 1766 (V. p. 39 et 44).

Art. 16. — *Identique à l'art.* 19 *du règlement de* 1766 (V. p. 44).

Art. 17. — *Identique à l'art.* 20 *du même, sauf ce texte :* ... excepté au Théâtre, aux deuxièmes loges et au parterre... (V. p. 44).

Art. 18—*Identique à l'art.* 21 *du même* (V.p.44).

Aussitôt que l'arrêt du 17 mars parvint à sa connaissance, Beaumarchais courut chez Amelot, le Ministre de la Maison du Roi.

Il y apprit que Jabineau de la Voute, chargé par son confrère de présenter l'arrêt, avait assuré qu'il était rédigé d'accord avec les auteurs. Le 2 mai, il vit Duras, qui lui demanda ses observations par écrit et promit de faire expédier un autre arrêt. De nouvelles conférences eurent lieu. Dans l'une d'elles, chez Duras, Beaumarchais se trouvait avec Préville et Monvel; il leur proposa de porter à 1,500 liv. de recette entière, au lieu de 1,200, le signal de la chute dans les règles, mais à condition que l'auteur conservât son droit de propriété, lors des reprises, tant que la pièce ne serait pas tombée deux fois de suite à 1,200 liv. de recette. Les deux comédiens ne refusèrent pas, mais ils demandèrent, comme compensation, que les pièces fussent représentées, de deux jours l'un, sans distinction de grands et de petits jours, afin de pouvoir jouer plus d'ouvrages nouveaux. Beaumarchais consentit, pourvu qu'on accoutumât le public à ce changement en soumettant, trois ou quatre mois, à l'épreuve indiquée des pièces anciennes avant d'y soumettre des pièces nouvelles. Ces conditions, du moins celles favorables aux comédiens, ne furent pas exactement reportées dans l'arrêt suivant, dont la rédaction et la présentation ont été attribuées à Beaumarchais. Ce dernier, nous l'avons dit, nous paraît, dans cette affaire comme en d'autres, d'une sincérité discutable, et l'on ne sait trop qui de lui ou de Gerbier se montra le plus intrigant. Du moins, cette fois, est-ce Beaumarchais qui plaidait la bonne cause. L'arrêt[1] fut signé le 12 mai, et renvoyé avec une lettre que Duras avait demandée à Amelot et qui en ordonnait expressément l'exécution aux comédiens. En voici l'analyse :

1. — Le Roi confirme le règlement du 12 mars avec les modifications demandées par les auteurs, ainsi que l'accord du 11, signé, le 31, par les Gentilshommes et, le 7 mai, par les auteurs.

2. — La Société est régie et administrée par un Comité composé de six comédiens, deux comédiennes et un secrétaire, et présidé par le comédien que les Gentilshommes indiqueront.

---

1. Nous ne connaissons de ce document qu'une expédition manuscrite, aux Archives Nationales, et une épreuve, à la Bibliothèque des auteurs dramatiques, couverte, en marge, de notes à la main qui doivent être de Duras ou d'Amelot. Cet exemplaire est évidemment le seul imprimé, car les réclamations de la Comédie durent empêcher de donner le bon à tirer de l'épreuve.

3. — *Identique à l'art. 3 de l'arrêt du 17 mars* (V. p. 71).

4. — *Identique à l'art. 4 du même* (V. p. 71), *sauf que les comédiens choisis doivent avoir six ans de réception, et qu'il est ajouté :* Le comédien choisi comme secrétaire sort du Comité après quatre ans de service, et est remplacé par un autre comédien nommé par les Gentilshommes. Ni les comédiens sortis du Comité, ni le secrétaire ayant cessé ses fonctions, ne peuvent être nommés de nouveau que deux ans après leur sortie.

5. — *Identique à l'art. 5 du même* (V. p. 71).

6. — *Analogue à l'art. 6 du même* (V. p. 71).

7. — Les sommes déterminant la chute dans les règles sont, comme anciennement, 1,200 liv. en hiver, 800 en été. Pour ce calcul, toute espèce de recette est comptée, sans déduction de frais, selon la lettre et l'esprit de l'accord du 11 mars. Les comédiens peuvent cesser de jouer régulièrement la pièce nouvelle, quand la recette brute totale est tombée deux fois de suite au-dessous de 1,500 liv. l'hiver et de 1,100 l'été, dans la nouveauté ou à la reprise, sans que néanmoins l'auteur perde son droit de propriété pour les autres représentations que donneront les comédiens de sa pièce, mise alors au répertoire, laquelle ne cesse de lui appartenir que lorsque la recette brute totale, et sans aucune déduction de frais, est descendue deux fois de suite au-

dessous de 1,200 liv. l'hiver et de 800 l'été.

8. — Si un auteur vient à mourir avant que sa pièce ait eu trente représentations, les comédiens tiennent compte, aux héritiers et ayants-cause, du complément des représentations jusqu'au nombre de trente, passé lequel la pièce devient leur. « Bien entendu que la recette totale de cette pièce n'auroit pas tombé deux fois de suite au-dessous de 1,200 liv. l'hiver, de 800 l'été, toutes recettes comprises, l'héritier de l'auteur n'étant qu'à ses droits n'auroit rien alors à réclamer depuis ces deux chutes dans les règles. »

9. — Toute distinction entre les grands et les petits jours est éteinte. Tous les bons ouvrages, tragiques ou comiques, anciens ou modernes, d'auteurs qui partagent ou ne partagent plus, sont également joués tour à tour. Cet essai commencera, pendant au moins trois mois, par une suite de bonnes pièces comiques et tragiques, avant qu'on y soumette les nouveautés.

10. — *Identique à l'art.* 10 *de l'arrêt du* 17 *mars* (V. p. 72), *sauf que* les auteurs ne peuvent traiter de leurs pièces à forfait ni à titre de présent avec la Comédie.

11. — Ils ont droit, à chaque représentation de leurs pièces, à dix billets d'amphithéâtre pour les pièces en cinq et quatre actes, à quatre pour celles en trois et en deux, à deux pour celles en un ; au lieu d'une de ces places, ils peuvent en désigner une d'orchestre ou de parquet. L'excé-

dant etc... *(comme dans l'art.* 11 *de l'arrêt du* 17 *mars)* (V. p. 72); *ajouter :* applicables à la Caisse du séquestre.

12. — L'auteur de quatre pièces en cinq ou quatre actes passées au répertoire a le droit de donner une entrée pendant sa vie, pour les places dont il jouit lui même, à une seule personne ou successivement à ses amis. Les auteurs des autres pièces ont proportionnellement le même droit.

13. — Tout auteur peut faire imprimer sa pièce, sans perdre son rang de représentation, si les comédiens ont passé deux ans sans la jouer à partir de la date de sa réception. Dans l'autre cas, les comédiens ont le droit de ne pas jouer la pièce imprimée prématurément.

14. — Tous articles des anciens règlements contraires à ceux du présent sont abrogés.

15. — Les difficultés qui peuvent survenir sont réglées par les Gentilshommes assemblés, qui doivent tous signer leur décision.

16. — *Identique à l'art.* 13 *de l'arrêt du* 17 *mars* (V. p. 73).

17. — *Identique à l'art* 14 *du même* (V. p. 73).

L'arrêt fut derechef accompagné d'un règlement, daté du même jour. Le voici [1] :

---

1. Il n'existe qu'une expédition de ce document aux Arch. Nat.

CHAPITRE VIII. — Art. 1. — L'auteur non encore joué à la Comédie, et qui veut y lire une pièce, s'adresse à tel comédien qu'il lui plaît, pour que ce dernier, avec un camarade à son choix, fasse une première lecture en présence de l'auteur. Quand elle est faite, l'ouvrage est remis à l'auteur, et les deux comédiens en rendent compte au Comité; d'après leur avis, on décide une lecture générale, ou l'on écrit poliment une lettre de refus.

Art. 2. — Si l'ouvrage, après la lecture générale, est accepté, le secrétaire du Comité montre à l'auteur le tableau des pièces reçues, lequel a trois colonnes (tragédies, grandes comédies et petites), et la pièce est inscrite dans la colonne à laquelle elle doit appartenir, pour être jouée invariablement, à son tour, suivant l'ordre établi, qui est : une tragédie, une grande comédie, une petite.

Art. 3. — L'auteur, ou celui qui présente la pièce, a le droit d'amener un seul ami, qui assiste à la lecture comme témoin, et se retire avec l'auteur lorsque les comédiens ballottent leurs opinions. L'auteur peut demander que deux comédiens, à son choix, non membres du Comité, y entrent pour la lecture de sa pièce; dans ce cas, le Comité peut également appeler deux autres comédiens, à son choix.

Art. 4. — Le Comité étant composé de neuf comédiens et comédiennes et du secrétaire, pour que le nombre des voix soit toujours impair, le premier semainier y assiste toujours avec voix délibérative. Il ne peut y avoir plus de quinze votants, ni moins de treize. Le lecteur, si c'est un comédien que l'auteur a choisi pour faire la lecture, vote. Le Commissaire des Menus est prié directement par l'auteur de venir.

Art. 5. — La pièce, lue, est discutée, s'il y a lieu, par l'auteur et les comédiens ; puis l'auteur et son ami se retirent. Si elle est reçue, on prie l'auteur de rentrer, et, devant lui, on inscrit, sur son manuscrit et sur un registre spécial, la réception et date d'icelle. Le manuscrit est renfermé sous enveloppe cachetée du cachet de l'auteur et mis dans une armoire ; le cachet de l'auteur ne peut être rompu qu'en sa présence, et, quand le tour de la pièce est venu, que si l'auteur, ayant fait des corrections à sa pièce, veut déposer un autre manuscrit, ce qui ne peut se faire qu'un jour d'assemblée. On écrit alors, sur le nouveau manuscrit, la date du second dépôt ; mais le premier manuscrit n'est retiré sous aucun prétexte ; il reste enfermé jusqu'à ce qu'arrive le moment de jouer la pièce ; alors, on compare les deux textes.

Art. 6. — *Identique à l'art. 5 du règlement du 12 mars 1780.* (V. p. 74).

Art. 7. — Si la pièce est refusée, on fait rentrer l'auteur et son ami, et le secrétaire, en rendant le manuscrit, annonce le refus le plus poliment possible. Dans ce cas, tous les billets de scrutin sont mis, signés, en présence de l'auteur, sous enveloppe fermée de son cachet et de celui de la Comédie et envoyés, sur-le-champ, au Commissaire des Menus, qui les remet au Gentilhomme en année, afin que, en cas de réclamation, celui-ci puisse ordonner ou refuser une seconde lecture.

Art. 8. — *Identique à l'art.* 6 *du règlement du* 12 *mars* (V. p. 74); *ajouter :* mais cette permutation ne peut avoir lieu qu'entre pièces du même genre et du même nombre d'actes.

Art. 9. — *Identique à l'art.* 7 *du même* (V. p. 74); *ajouter :* dont les auteurs n'ont pas indiqué la distribution sur leur manuscrit ou au présentateur.

Art. 10. — *Identique à l'art.* 8 *du même* (V. p. 74); *ajouter :* et sauf pour l'auteur, avant de faire un autre choix, à recourir au Gentilhomme de service.

Art. 11. — *Identique à l'art.* 9 *du même* (V. p. 74); *ajouter :* auxquels la répartition se fait devant l'auteur et le Commissaire des Menus sur la plainte duquel l'amende a été encourue. Puis, la pièce est sur-le-champ mise à l'étude.

Art. 12. — Lorsqu'elle y est, les répétitions n'en sont point interrompues ; les comédiens qui y manquent paient 6 liv. d'amende, sauf circonstances majeures, dont les Supérieurs restent juges. Les comédiens donnent toujours une répétition générale, à laquelle assiste le Commissaire des Menus, conforme à la première représentation. Ceux qui y manquent paient 50 liv. d'amende.

Art. 13. — L'auteur vivant a seul le droit de choisir les doubles qui doivent jouer dans ses pièces, au défaut des acteurs qu'il a choisis originairement.

Art. 14. — Dans les pièces nouvelles, l'acteur ne peut faire passer son rôle à son double que du consentement de l'auteur. Si celui-ci n'approuve pas les raisons de l'acteur qui se retire, il peut recourir au Comité ou au Gentilhomme d'année.

Art. 15. — Si la maladie d'un acteur amène la suspension d'un ouvrage, et si l'auteur préfère cette suspension aux représentations par un double, l'acteur malade ne peut reparaître sur le théâtre que dans la pièce qu'il a fait interrompre.

Art 16. — Les auteurs n'ayant plus le droit de faire jouer les pièces jusqu'à ce qu'elles tombent deux fois de suite au-dessous de 1,200 liv. en hiver et de 800 liv. en été, chiffres qui sont le terme de leur propriété, et la Comédie ayant acquis celui de les retirer quand elles sont tombées deux fois de suite au-dessous de 1,500 liv. en hiver et de 1,100 en été, elle ne doit pas avoir non plus celui de les jouer, malgré les auteurs, au-dessous de ces deux sommes, pour en acquérir la propriété après deux chutes consécutives au-dessous de 1,500 liv. en hiver et de 1,100 liv. en été [1]. Si l'auteur ne permet pas qu'on continue sa pièce, les comédiens doivent cesser de la jouer régulièrement ; elle est alors mise au répertoire, et, quand on la joue, par la suite, à son tour, l'auteur partage jusqu'à sa chute dans les règles, aux termes de l'art. 7 de l'arrêt du Conseil du 12 mai 1780.

Art. 17. — Lorsqu'un auteur dont la pièce est affichée a donné tous ses billets, ceux qui en sont porteurs ont droit d'entrée, quand même il survient un changement de spectacle.

Art. 18. — Les comédiens laissent entrer les auteurs dans toute la salle, excepté aux secondes loges et au parterre, à peine de 300 liv. d'amende, payables par le semainier en défaut et versées dans la caisse des amendes.

Art. 19. — Ces dispositions sont inscrites sur un tableau qui est communiqué aux auteurs, avant la lecture de leurs pièces, ainsi que l'arrêt du Conseil du 12 mai 1780.

Lorsque les comédiens eurent connaissance de l'arrêt du 12 mai, ils coururent, à leur tour, avec leur Conseil, chez Duras. Ils criè-

1. Il y a évidemment erreur de copiste dans les deux dernières lignes. C'est : au-dessous de 1,200 livres en hiver et de 800 en été qu'il faut lire : sinon, le raisonnement est incompréhensible.

rent qu'on les ruinait [1] et que les auteurs avaient surpris la religion des Gentilshommes en prétendant être d'accord avec les comédiens. Duras les renvoie au Ministre. Ils se plaignaient surtout que les pièces ne tomberaient plus dans les règles du vivant des auteurs, et regrettaient de ne plus pouvoir en traiter à forfait, c'est-à-dire se procurer gratuitement les œuvres des débutants. Beaumarchais, mandé par Duras et Des Entelles, défend son arrêt. Ceux-ci l'engagent à voir Gerbier, qui refuse le rendez-vous, et en donne un à Saurin, à Marmontel et aux comédiens, tandis qu'il minute un troisième arrêt [2]. Ce rendez-vous échoue. Dans un second, chez Richelieu, Beaumarchais, insulté par Gerbier, se retire, et immédiatement fait signifier aux comédiens l'arrêt du 12 mai. Il est alors accusé, devant Richelieu, d'avoir falsifié ce document dans la signification. Ce fut l'accusation que se lancèrent réciproquement les deux parties dans ce débat, et nous

1. Voir, pour tous ces détails, le *Registre des délibérations du Comité du 16 février 1766 au 6 octobre 1791* et diverses pièces relatives à la question, aux Archives de la Comédie.

2. Voir le même registre.

pensons que l'une et l'autre avaient raison. Il est d'ailleurs bien difficile de démêler la vérité sur ces intrigues, au milieu des assertions contradictoires du *Compte rendu* de Beaumarchais et des comédiens.

Le 16 juillet, ces derniers essayèrent de détacher Saurin de la coalition, en arrêtant la fondation d'un droit d'entrée en faveur d'un auteur avec faculté d'en disposer sa vie durant, et en le donnant, dès lors, à l'auteur des *Mœurs du tems*. Cette tentative n'eut pas de succès.

Le 26 août, les auteurs, réunis chez Beaumarchais, prirent connaissance du *Compte rendu* [1] de toute l'affaire, qu'ils lui avaient demandé, l'approuvèrent, résolurent que, en attendant justice du Roi, leur confrère adresserait un court mémoire au Ministre, et exprimèrent le désir qu'un second Théâtre-Français fût érigé.

Enfin, las de ces contestations, Louis XVI

1. La Bibliothèque Nationale possède (Département des manuscrits) un registre relatif aux débats des auteurs et des comédiens. Entre autres pièces curieuses, on y remarque une expédition du *Compte rendu*, dont le texte est beaucoup plus complet que celui des divers imprimés.

rendit, en Conseil, le 9 décembre 1780, un arrêt[1] statuant que :

ARTICLE 1. — *Identique à l'art.* 6 *des arrêts du* 17 *mars et du* 12 *mai* (V. p. 71 et 78).

ART. 2. — Pour prévenir les abus dans la réception, les pièces sont lues devant les neuf personnes composant le Comité établi par autre arrêt du même jour, et devant quatre autres, dont deux choisies par l'auteur ou par son délégué et deux par le Comité, de manière à ce qu'il y ait treize examinateurs.

ART. 3. — L'auteur, ou son délégué, peut choisir, parmi les examinateurs, une personne qu'il charge de la lecture. Le Commissaire Général au Bureau de la Maison du Roi, ayant le Département des Menus, ou son représentant, assiste le plus souvent possible aux lectures, surtout à celles des pièces dont la réception est annulée.

ART. 4. — Pour que l'auteur connaisse le rang de représentation de sa pièce, il sera fait un tableau à trois colonnes, l'une pour les comédies, l'autre pour les tragédies, la troisième pour les petites pièces. La pièce reçue est immédiatement inscrite dans la colonne à laquelle elle appartient, pour y prendre son rang, qui ne peut être interrompu que du consentement de l'auteur.

1. Imprimé in-8° et in-4° par Ballard et reproduit par de Mouhy.

ART. 5. — La date de réception est inscrite sur le manuscrit et sur un registre spécial.

ART. 6. — Si l'auteur cède son tour à un autre, — et il ne pourra faire cette concession qu'une fois, — il prend le rang de celui auquel il a cédé le sien; mais cette permutation n'est possible qu'entre pièces du même genre et ne peut même avoir lieu s'il y a d'autres pièces reçues antérieurement dont le sujet soit le même que celui de la pièce qui sortirait de son rang.

ART. 7. — La distribution et le choix des doubles appartiennent à l'auteur ou à son délégué ; les acteurs originairement chargés des rôles ne peuvent les transmettre à leurs doubles que du consentement de l'auteur ou de son délégué, à moins que ces derniers ne soient absents. Les auteurs ne peuvent imposer aux comédiens que des rôles de leur emploi.

ART. 8.— Nul ne peut refuser un rôle, de son emploi, qui lui est assigné par l'auteur, sans raisons valables jugées telles par les Gentilshommes, à peine de 100 liv. d'amende pour la première fois et, en cas de récidive, de privation de sa part dans la représentation de la pièce où il aura refusé de jouer.

ART. 9. — *Identique à l'art. 9 du règlement du 12 mars* 1780 (V. p. 74), *sauf que* l'amende est de 300 liv. et payable par le comédien qui a occasionné le retard.

Art. 10. — *Identique aux art.* 57 *des règlements de* 1757 *et* 15 *de* 1766 (V. p. 38 et 43) *jusqu'à :* plus de vingt *et sauf que*, sur ces places, l'auteur peut en désigner une au parquet. *Identique également aux art.* 11 *des arrêts du* 17 *mars* 1780 (V. p. 72) *et* 11 (*seconde partie*) *du* 12 *mai* 1780 (V. p. 79), *sauf la pénalité.*

Art. 11. — Les sommes qui déterminent la chute dans les règles sont 2,300 liv. en hiver et 1,800 liv. en été. La totalité des recettes, sans déduction de frais, entre dans le calcul de ces sommes : recette de la porte ; produit des loges à l'année, suivant le prix des baux ramené au produit journalier ; produit des abonnements à vie.

Art. 12. — Les auteurs ont 142 liv. 16 sols sur 1,000 liv. pour les pièces en cinq ou quatre actes, 107 liv. 2 sols sur 1,000 liv. pour celles en trois, 71 liv., 8 sols sur 1,000 liv. pour celles en deux ou en un. Ces parts sont prises sur la totalité de la recette, après déduction du quart et de 600 liv. pour les frais ordinaires et journaliers, conformément à l'accord du 11 mars. Défense est faite aux auteurs et aux comédiens de traiter des pièces à forfait ; tous traités semblables faits ou futurs sont annulés.

Art. 13. — Les décisions relatives à la chute dans les règles et aux parts d'auteurs seront exécutées à partir de ce jour, tant pour les pièces à jouer que pour celles qui, ayant été représentées et n'étant point encore tombées dans les anciennes règles, sont sujettes à être reprises, sans rétroactivité de partage pour les représentations antérieures.

Art. 14. — *Identique à l'art. 13 de l'arrêt du 12 mai* (V. p. 80).

Art. 15. — Toute distinction entre les grands et les petits jours cesse provisoirement. Les bons ouvrages, comédies ou tragédies, anciens ou modernes, tombés ou non dans les règles, seront joués tour à tour sans distinction de jour, de façon à ce que la pièce représentée un jour le soit le surlendemain, et ainsi de suite. Cet arrangement provisoire commencera, pendant trois mois consécutifs, par une suite de bonnes pièces anciennes, comiques et tragiques, avant qu'on y soumette les nouveautés.

Art. 16. — Les arrêts des 17 mars et 12 mai sont annulés ainsi que les règlements y annexés.

Cet arrêt ne résolvait rien; il enlevait d'une part ce qu'il accordait de l'autre. A la vérité, il faisait entrer dans le compte de la recette tous les éléments désirés par les auteurs, il donnait à ceux-ci plus même qu'ils ne demandaient (le septième au lieu du neuvième); mais cette clause était anéantie par celle qui élevait de 1,200 et de 800 liv. à

2,300 et à 1,800 liv. la somme déterminant la chute dans les règles.

Pendant ces débats, les auteurs avaient à peu près mis en interdit la Comédie-Française. Sauvigny, d'Arnaud, Ducis, Mercier, avaient porté leurs pièces au théâtre de Versailles ou à la Comédie-Italienne, qui rémunéraient mieux les écrivains. Quelques-uns commençaient à s'adresser aux forains. D'un autre côté, la mort de Lekain empêchait de jouer la tragédie aussi souvent qu'autrefois. La Comédie en fut réduite à enlever d'autorité à L'Ecluze, directeur des Variétés, *les Noces houzardes* de Dorvigny, qui ramenèrent un peu le public chez elle. Un siècle et demi après mademoiselle Beaupré, mademoiselle Luzy, interprète naïve des sentiments de ses camarades, offrait une variante de la mauvaise humeur de sa devancière. « Eh quoi! s'écria-t-elle, n'y aurait-il pas moyen de se passer de ces coquins d'auteurs? » Les comédiens étaient irrités surtout contre Beaumarchais, le principal auteur de leurs ennuis. Cependant, quelques années après, leur colère se calma devant la présentation du *Mariage de Figaro*.

L'arrêt du 9 décembre était absurde. De

part et d'autre on renonça, d'après M. de Loménie, à l'appliquer [1], et l'on continua de régler sur l'ancien pied, au milieu de débats sans cesse renaissant au sujet des faux comptes que présentaient les comédiens. Toutefois, et c'était le point important, l'association fondée en 1777 subsista, et, jusqu'à la Révolution, on la voit intervenir dans les différends entre auteurs pour réclamer un second Théâtre-Français ou tâcher de soumettre au droit les directeurs de province.

Cependant le règlement des Gentilshommes [2] du 18 mai 1781 statua (art. II, paragraphe 16) que :

Le Comité inscrit exactement sur un registre les pièces à lire, par ordre de date, et avertit, huit jours à l'avance, l'auteur du jour de la lecture. Dans le cas où celui-ci manque le jour indiqué, on passe à l'ouvrage suivant. Le Comité instruit les auteurs des règlements qui les concernent ainsi que de l'époque à laquelle leurs pièces seront jouées, et veille à ce que les repré-

---

1. Nous ignorons où le biographe a pris ce renseignement. Beaumarchais dit le contraire dans son *Rapport* de 1791.

2. Imprimé in-8° par Ballard, et reproduit par de Mouhy.

sentations ne soient jamais retardées. Le registre contient le titre des pièces, la date de leur lecture, le nombre de voix qu'elles ont eues pour le refus ou la réception. Ordre exprès de mettre, tous les mois, une comédie en cinq actes ou une tragédie nouvelle ou remise, et une comédie en trois ou en un acte nouvelle ou remise.

En outre, sont consacrés aux pièces nouvelles et aux auteurs les vingt-neuf paragraphes de l'article VIII, qui reproduisent les dispositions de l'arrêt du 9 décembre, à quelques modifications et additions près, illégales, cela va sans dire :

Au comité de lecture, s'ajoutent (§ 1) les deux semainiers, avec voix délibérative : en tout quinze examinateurs.

2. — Aucune pièce n'est lue, qu'un comédien ne certifie qu'il la connaît et qu'elle peut être entendue, excepté celles d'auteurs joués déjà et restées au répertoire. Les pièces apportées à l'assemblée sont mises sur le bureau, et on leur nomme un examinateur. Le semainier... etc. *Le reste comme dans l'art.* 1er *du règlement de* 1766 (V. p. 40).

3. — Comme il est à la fois nécessaire d'obvier à ce que le nombre des pièces reçues ne redevienne considérable et de faire beaucoup de lectures, afin, conformément aux ordres du Roi,

de jouer le plus de nouveautés possible ; et pour éviter, à l'avenir, la confusion dans les droits des auteurs relativement à leur rang de réception et de représentation : le Comité tient deux registres. Sur le premier, il inscrit les douze plus anciens ouvrages à lire, pour les jouer dans le courant de l'année, en faisant attention qu'il y ait trois colonnes composées de quatre comédies en quatre ou cinq actes, de quatre tragédies et de quatre petites comédies en trois, deux ou un acte, sans qu'il puisse en être inscrit davantage, à moins qu'une pièce, après lecture, n'ait été refusée, auquel cas on en inscrirait une autre du même rang, prise dans le deuxième registre. Sur le deuxième registre sont inscrits, par ordre de date, les titres des pièces dont les lectures ont été consenties par les examinateurs ou demandées par les auteurs qui ont ce droit, et c'est en suivant ces dates que sont prises, de ce registre, les douze pièces à inscrire sur l'autre. Sur le premier, il est noté en marge tout ce qui est relatif à chaque ouvrage : refus, acceptation, renvoi à correction. Si, le tour d'un ouvrage venu et l'auteur prévenu du jour de la lecture, l'ouvrage n'est pas en état d'être lu, il est reporté à la dernière place du second registre, et le premier ouvrage du même rang de ce second registre est inscrit sur le premier registre, à la dernière place de la colonne des pièces de son rang.

4. — Suivant la date du rang de lecture abso-

lument, on convient d'un jour autre que le lundi pour entendre la pièce. Le premier semainier en prévient l'auteur ou son délégué, huit jours d'avance, ainsi que le Commissaire Général et son représentant, qui peuvent assister aux lectures.

5. — *Identique à l'art.* 3 *du règlement de* 1766, *sauf que l'amende est payable ici par toute la troupe* (V. p. 41).

6. — *Identique à l'art.* 4 *du même* (V. p. 41).

7. — L'auteur ou son délégué peut charger de la lecture tel des examinateurs qu'il lui plaît.

8. — Après la lecture, chaque acteur ou actrice met par écrit ses motifs d'acceptation, de correction ou de refus, afin qu'ils soient lus à l'auteur; rien n'y doit être choquant pour ce dernier.

9. — A la lecture de chaque pièce, il est fait trois colonnes : réception, correction, refus. La colonne correction est toujours jointe à celle des deux autres qui contient le moins de voix. Le nombre des voix étant ainsi divisé en deux catégories, si la colonne qui a eu besoin des voix de correction pour surpasser l'autre excède cette autre simplement, la pièce est admise à correction ; si la colonne refus ou acceptation excède à elle seule les deux autres, la pièce subit le sort que porte cette colonne; si les trois colonnes sont égales, la pièce est admise à correction ; de

même, si la colonne correction est plus forte que les deux autres.

10. — *Identique aux art.* 7 *des règlements de* 1766 *et* 5 (*seconde partie*) *du* 12 *mars* 1780 (V. 42 et 74).

11. — *Identique à l'art.* 5 *de l'arrêt du* 9 *décembre* 1780 (V. p. 89).

12. — *Identique aux art.* 50 *des règlements de* 1757 *et* 8 *de* 1766 (V. p. 36 et 42).

13. — *Identique à l'art.* 10 *du règlement de* 1766 (V. p. 42).

14. — *Identique aux art.* 11 *du règlement de* 1766 *et* 8 *de l'arrêt du* 9 *décembre* 1780 (V. p. 42 et 89).

15. — *Identique à l'art.* 7 *de l'arrêt du* 9 *décembre* (V. p. 89).

16. — *Identique à l'art.* 12 *du règlement de* 1766 (V. p. 43).

17. — *Identique a l'art.* 6 *de l'arrêt du* 9 *décembre* (V. p. 89).

18. — *Identique à l'art.* 9 *de l'arrêt du* 9 *décembre* (V. p. 89).

19. — *Identique aux art.* 57 *des règlements de* 1757 (V. p. 38) *et* 15 *de* 1766 (V. p. 43), *jusqu'à* plus de vingt; *aux art.* 11 *des arrêts des* 17 *mars* (V. p. 72) *et* 12 *mai* 1780 (V. p. 79), *sauf la pénalité, et* 9 *du* 9 *décembre* 1780 (V. p. 89), *sauf que l'auteur ne peut désigner de place au parquet.*

20. — Les auteurs touchent des parts jusqu'à

ce que la recette tombe, deux fois de suite ou trois fois en différents temps, au-dessous de 2,300 liv. en hiver et de 1,800 liv. en été. La totalité... etc. *(Le reste comme dans l'art.* 11 *de l'arrêt du* 9 *décembre* (V. p. 90).

21. — *Identique à l'art.* 12 *du même* (V. p. 90).

22. — *Identique aux art.* 16 *des règlements de* 1766 (V. p. 43) *et* 13 *du* 12 *mars* 1780 (V. p. 75), *sauf le remplacement de* 1,200 *liv. et* 800 *liv. par* 2,300 *liv. et* 1,800 *liv.*

23. — *Identique aux art.* 17 *et* 14 *des mêmes, avec les mêmes changements* (V. p. 43 et 75).

24. — *Identique aux art.* 63 *des règlements de* 1757 (V. p. 39), 18 *de* 1766 (V. p. 44) *et* 15 *du* 12 *mars* 1780 (V. p. 75), *sauf que les pièces doivent être restées au théâtre.*

25. — *Identique aux art.* 19 *des règlements de* 1766 *et* 16 *du* 12 *mars* 1780 (V. p. 44 et 75).

26. — *Identique aux art.* 13 *des arrêts du* 12 *mai et* 14 *du* 9 *décembre* 1780 (V. p. 80 et 91).

27. — *Identique à l'art.* 20 *du règlement de* 1766 (V. p. 44). *L'auteur est également privé de ses entrées s'il insulte les comédiens dans ses écrits* [1].

28. — Pour le surplus, les comédiens se conformeront à l'arrêt du 9 décembre 1780.

29. — *Identique aux art.* 21 *des règlements de* 1766 *et* 18 *du* 12 *mars* 1780 (V. p. 44 et 75).

1. Addition provoquée par le souvenir de l'affaire Mercier.

VII

La question traîna jusqu'à la Révolution, et donna lieu seulement à des démêlés individuels de quelques auteurs avec la Comédie. A la fin de 1789, Cailhava, devançant le signal de l'émancipation des auteurs dramatiques, voulut faire jouer ses pièces au Théâtre du Palais-Royal. La Comédie s'y opposant, il écrivit contre elle un mémoire dans lequel, avec sa verve gasconne, il raconta quelques scènes intérieures du Comité de lecture fort amusantes.

Les auteurs dramatiques ne bornaient plus déjà leurs prétentions au contenu de l'arrêt du 12 mai 1780. En présence d'un ordre de choses qui sanctionnait tous les droit naturels, ils posèrent catégoriquement le principe absolu de la propriété littéraire. Citons les principales publications que, des deux côtés, le sujet fit éclore.

D'abord, le 27 mars 1790, les commissaires de la Commune de Paris réclament, dans leur *Rapport sur les spectacles*, l'érection d'un second Théâtre-Français. Les comédiens, dans leurs *Observations* en réponse, y consentent, mais ils stipulent bien que la nouvelle troupe ne pourra s'emparer de leur répertoire.

Le 24 août, La Harpe, admis à la barre de l'Assemblée Nationale, y porte une adresse des auteurs dramatiques, qui, bientôt après, est publiée. Il y dit, relativement aux prétentions de ses confrères, que les comédiens s'arrogent à tort un droit de propriété sur leur ancien répertoire, et demande l'autorisation pour toutes les troupes (il demandait en même temps la liberté industrielle) de jouer les œuvres des auteurs morts, devenues ainsi propriété publique, et de traiter avec les vivants pour les pièces déjà représentées ou à représenter [1].

1. La question de l'émancipation littéraire ne peut

Presque au même instant, paraît la *Pétition des Auteurs dramatiques à l'Assemblée Nationale* signée La Harpe, Sedaine, Cailhava, Ducis, Fenouillot, Lemierre, Laujon, M.-J. Chénier, Mercier, Palissot, Fabre d'Eglantine, Framery, André de Murville, Forgeot, de Sauvigny, de Maisonneuve, Vigée, Chamfort, Fallet, etc. Cette pétition avait été préparée par l'Assemblée des auteurs, qui se réunissait alors chez Sedaine; les termes en furent arrêtés chez Mirabeau, et c'est encore La Harpe qui fut chargé de la présenter à la barre de l'Assemblée. Elle résume les anciens griefs des gens de lettres contre le monopole industriel et littéraire des comédiens, contre leurs intrigues et leurs tracasseries à l'égard des auteurs, et demande l'abolition de tous leurs priviléges. D'autre part, une pétition tendant aux mêmes fins est adressée au Comité de Constitution par Desforges, Desfontaines, Aude, de la Chabaussière, Hoffmann, Dancourt, Dantilly, Radet, Rauquit, Lieutaud,

---

être séparée, à cette époque, de la question de l'émancipation industrielle. Voir, dans *les Spectacles forains et la Comédie-Française* (Dentu), ce que nous avons écrit sur le monopole et le privilége théâtrals.

Fiévée, Barré, Lamontagne, Landrin, Piccini fils, Ducray-Duminil, Ricard, Pujoulx, Boutillier, L. Patrat, Dubreuil, Parisau, Poinsinet de Sivry, d'Arnaud, de Boissy. Ceux-ci demandent que la propriété des ouvrages dramatiques soit assurée aux auteurs vivants, mais que les ouvrages des auteurs morts appartiennent à la Comédie.

Les comédiens, tandis que Levacher de Charnois prend leur défense dans le *Modérateur*, font répondre par une brochure : *Réflexions diverses sur la Pétition des Auteurs dramatiques*, et par une autre : *Réflexions en faveur de Messieurs les Comédiens Français contre les prétentions de plusieurs de Messieurs les auteurs*, *par M. D.... A..... B....* Eux-mêmes poursuivent directement la lutte par la plume de leurs fondés de pouvoirs, Molé, Dazincourt et Fleury, dans les *Observations pour les Comédiens Français sur la Pétition adressée par les Auteurs dramatiques à l'Assemblée Nationale:* ils y contestent d'abord le titre d'auteur à plusieurs des signataires de la *Pétition;* puis, tout en admettant la création d'un second Théâtre-Français, sur lequel, disent-ils, les auteurs fondent bien de vaines espérances, ils défendent avec énergie ce qu'ils appellent leur propriété en refusant de partager leur répertoire avec qui que ce soit.

Dans une *Réponse aux Observations*, etc., signée d'un plus grand nombre d'auteurs (Le Blanc de Guillet, Bret, Michel de Cubières, Dudoyer, Beaumarchais, Collot d'Herbois, Gudin de la Brenellerie, Blin de Sainmore s'y joignent aux précédents), les auteurs réfutent, article par article, l'écrit de leurs adversaires.

A propos d'une motion faite, nous ignorons où, le 24 novembre, en faveur des comédiens, paraît, dans la *Chronique de Paris*, un article auquel l'auteur de la motion répond par une brochure fulminante : *Faux Patriotisme de la Chronique de Paris.*

La Harpe revient encore à la charge, le 17 décembre, dans un discours sur la liberté du théâtre, prononcé à la Société des Amis de la Constitution.

Dans une pétition relative aux Comédiens-Français qu'adressent au Conseil de Ville un très grand nombre de citoyens à propos d'un prétendu manque de respect des comédiens à l'Autorité municipale dans un des épisodes de l'affaire Talma, l'on prie le Conseil de demander, par adresse, à l'Assemblée qu'elle s'occupe de la pétition des auteurs.

La *Justification des Comédiens-Français, Opinion sur les chefs-d'œuvre des Auteurs morts, et projet de décret portant règlement entre les auteurs dramatiques et tous les Comédiens du Royaume*, prend la défense de la Comédie. Ce document est de ceux qui ont été au moins inspirés par elle. Il y est fait des concessions que conseillait sans doute l'approche évidente de la solution.

La Comédie appelle même à l'aide ses créanciers, qui, dans une requête à l'Assemblée Nationale, réclament contre le projet d'enlever aux comédiens leur répertoire :

Sur deux cents auteurs qui travaillent pour le théâtre, disent-ils, vingt-trois seulement ont signé ; vingt-six protestent. La Comédie-Française existe en vertu de lois sur la foi desquelles des citoyens lui ont prêté des sommes considérables, lesquelles seraient compromises avec le répertoire, qui en est le principal gage. Dans le cas où l'on reconnaîtrait que le privilége est une mauvaise institution, il serait injuste d'annuler tout ce qui s'est fait avant son abolition ; ce serait donner un effet rétroactif à la loi. Une propriété ne peut être expropriée que pour cause d'utilité publique, et encore moyennant indemnité. Les créances sur la Comédie se montent à 1,003,000 liv.; les pensions qu'elle sert à 31,775 liv. Elle ne pourra faire honneur à ses engagements si on la dépouille. — Signent soixante-deux créanciers et quarante-neuf pensionnaires.

La même année, Framery, qui devait être, quelque temps après, le premier agent des auteurs dramatiques, publiait son livre : *De l'organisation des spectacles de Paris.* Il y discute longuement les prétentions des comédiens et réclame, outre la concurrence d'un second Théâtre-Français, une déclaration officielle qui attribue les ouvrages aux auteurs leur vie durant, à leurs héritiers jusqu'à la cinquantième représentation, et à la Nation après leur mort.

Il serait trop long d'analyser tous ces écrits. Les réclamations des uns n'étaient pas uniformes ; les arguments défensifs présentés par les autres varièrent à mesure qu'on se rapprocha du moment décisif.

En résumé, les Comédiens, qui avaient, devant la rapidité du courant qui emportait la France vers le triomphe de la liberté sous toutes ses formes, à peu près abandonné le principe du privilége, mais qui entendaient neutraliser l'effet de cette concession en tâchant de se réserver le bénéfice des faits acquis, c'est-à-dire de retenir le répertoire, la propriété des œuvres des auteurs morts et de celles des auteurs vivants tombées dans les règles, — les comédiens disaient, à l'appui de leur thèse :

La propriété que nous nous attribuons sur les ouvrages des auteurs morts est basée sur les conventions librement consenties par ces auteurs eux-mêmes avec la Comédie, et en vertu desquelles elle a pris des engagements de toute nature (confection de décors, de costumes, achat d'immeubles, de meubles, création de pensions, etc.). Cette propriété nous dédommage, au moyen des reprises, des pertes que nous occasionent fréquemment certaines pièces. L'Assemblée Nationale a consacré récemment le principe de la propriété : la nôtre n'est donc pas contestable. Et si on la conteste, ce ne doit pas être devant l'Assemblée, mais devant les tribunaux, seuls juges des espèces. D'ailleurs, cette propriété n'est-elle pas favorable aux intérêts de l'art ? Si nous la perdons, que deviendra la grande littérature ? Son exploitation sur les tréteaux sera la ruine de l'art dramatique, etc., etc.

Les auteurs répondaient :

Ce n'est pas librement qu'ont été consenties

les conventions entre vos prédécesseurs et les auteurs de leur temps. Ceux-ci n'étaient pas libres de ne point porter leurs ouvrages à la Comédie, puisque son monopole ne leur permettait pas de les faire jouer ailleurs. La preuve que la Comédie ne peut à bon droit se prétendre propriétaire de ces ouvrages, c'est qu'elle n'en paya jamais la valeur exacte, puisqu'elle continue d'en retirer des bénéfices lorsque les auteurs n'en retirent plus. Les comédiens, en achetant des pièces à forfait ou en les payant au prorata, les ont toujours payées en proportion de ce qu'ils espéraient en retirer de leur vivant. Si parfois ils ont fait de mauvais marchés, ces pertes ont été individuelles, et leurs successeurs n'ont pas à en être dédommagés. Vous parlez de vos frais, des dépenses que vous avez faites : oubliez-vous la subvention permanente, les dons continuels, récemment celui d'un édifice monumental, que, depuis son origine, la Comédie a reçus du Roi ? C'étaient là, dites-vous, des générosités personnelles du monarque. Erreur! Le Roi ne vous les faisait qu'au nom du pays. Votre propriété rentre dans la catégorie des biens de main-morte, que l'Assemblée Nationale vient d'attribuer à la Nation. C'est donc la Nation qui doit être propriétaire des œuvres dramatiques, après que les auteurs et les comédiens en ont retiré des bénéfices convenables.

Ce dernier argument, tout moral, était le meilleur, car, sur l'équité même de la proportion des droits payés jusqu'alors aux auteurs, il pouvait y avoir des appréciations diverses, et les gens de lettres manquaient évidemment de base pour avancer des preuves péremptoires. C'est ainsi que les comédiens pouvaient répliquer, comme ils l'avaient plusieurs fois dit, que, l'œuvre dramatique n'ayant pas de valeur fixe, les auteurs ne recevaient une rémunération aussi forte que le neuvième, le douzième, le dix-huitième et, plus tard, le septième, que précisément à titre de compensation du peu de temps qu'on la leur payait [1].

1. En effet, cet argument fut invoqué plusieurs fois par les Comédiens-Français, notamment à propos des Comédiens-Italiens, dont on leur opposait toujours l'exemple. Ceux-ci, vers les dernières années de l'ancien régime, avaient fait un arrangement avec les auteurs pour leur payer, toute leur vie, et même à leurs héritiers, une part jusqu'à la cinquantième représentation *utile*, c'est-à-dire couvrant les frais. Mais, par contre, ils fixèrent cette part à un dix-huitième pour les pièces en cinq, quatre et trois actes, à un vingt-quatrième pour celles en deux, à un trente-sixième pour celles en un, et les auteurs ne touchaient rien quand la recette ne montait pas à 1,000 livres en hiver et à 600 en été. En outre, les loges à l'année n'entraient pas en compte. De sorte que, d'une

Mais, en définitive, les comédiens étaient dans leur tort, en vertu même de l'ancienne loi monarchique aussi bien qu'au point de vue moral. On ne songea pas alors à leur opposer cet argument naturel et décisif :

Le monopole littéraire est corrélatif au monopole industriel ; l'un et l'autre sont nés et doivent mourir ensemble. Avant 1680, lorsqu'il y avait à Paris deux ou trois troupes, une pièce n'appartenait à celle qui la jouait qu'en vertu du fait même de la possession ; dès qu'elle était publiée,

---

recette de 4,000 liv., le quart (1,000 liv) et les frais (350 liv.) prélevés, il restait 2,650 liv., dont l'auteur touchait le dix-huitième, soit.. 147 liv. 14 s., 5 d.

Chez nous, disaient les Français, depuis décembre 1780 jusqu'à la Révolution, sur une recette de 4,000 liv. augmentée du produit des petites loges et des abonnements (800 l.), et diminuée du quart (1851 l., 3 s., 8 d.), des frais journaliers (600 liv.), du quinzième des frais extraordinaires (2 livres 4 sols) = 4,012 liv., 12 s., 4 d., l'on paya, jusqu'à la chute dans les règles, à raison de 142 liv., 16 s., sur 1,000 liv...................... 509 liv. — —

Voir, relativement aux droits d'auteurs, sous l'ancien régime, à l'Opéra et à la Comédie-Italienne, *les Trois Théâtres de Paris*, par Des Essarts.

elle devenait la propriété des autres théâtres, qui pouvaient la jouer, si bon leur semblait; s'ils ne la jouaient pas, c'était pour le motif même qui l'avait fait abandonner par son premier possesseur : parce que le succès en était épuisé. Puis, le monopole industriel a été décrété, et, pendant près d'un siècle, toutes les œuvres dramatiques se sont trouvées naturellement attribuées au seul théâtre qui existât. Mais, dès que ce monopole disparaît, l'état de choses antérieur à son établissement est naturellement aussi rétabli, et les anciennes pièces, dont divers motifs ont renouvelé le succès depuis cette époque, appartiennent à tous les théâtres dont l'abolition du monopole provoquera la fondation. Bien plus, Messieurs les Comédiens Français : on va proclamer le principe de la propriété littéraire. Eh bien ! c'est à la sanction de ce principe, dont vous êtes les ardents adversaires, que vous devrez de conserver, pendant un laps de temps moral, la propriété des ouvrages nouveaux que vous monterez vous-mêmes : le retour pur et simple à la loi naturelle en vigueur avant 1680 vous en dépouillerait et vous enlèverait le bénéfice des faits acquis, que, longtemps encore, toujours peut-être, vous conserverez; car les théâtres qui se fonderont à côté du vôtre n'auront de sitôt ni le prestige de votre passé, ni votre organisation, ni l'ensemble de talents que vous possédez et que perpétueront vos statuts, ni votre épargne matérielle. Ne vont-ils pas d'ailleurs se jeter sur les genres secondaires ? Allez, Messieurs, votre spoliation ne sera qu'apparente! Vous avez l'avance : par la force d'impulsion et par celle des faits acquis, vous resterez priviligiés, et nous prévoyons que, dans un siècle encore, la Comédie-Française, même sous le régime de la liberté, sera réputée, en France et à l'étranger, la première scène du monde.

En somme, le principe qu'allait consacrer la loi, relativement aux auteurs morts, est juste. Celui qu'elle établit pour les auteurs vivants, basé sur la reconnaissance de la propriété littéraire et de la liberté des transactions, ne l'est pas moins. Il est à la fois large et libéral, conforme, en un mot, aux nobles idées qui avaient cours à cette époque.

Le 13 janvier 1791, Le Chapelier, au nom du Comité de Constitution, lut, à l'Assemblée Nationale, son rapport sur la pétition des auteurs dramatiques. Il résuma les *desiderata* des gens de lettres avec une grande hauteur de vues, et, sur ses conclusions, la loi des 13-19 janvier 1791 fut votée.

Indépendamment de la liberté industrielle et de l'abolition de la censure, elle décrète que :

Art. 2. — Les ouvrages des auteurs deviennent propriété publique cinq ans après leur mort, et peuvent être représentés sur tous les théâtres indistinctement.

Art. 3. — Ceux des auteurs vivants ne peuvent être représentés sur aucun théâtre public, dans toute l'étendue de la France, sans le consentement formel et par écrit des auteurs, sous peine de confiscation du produit total des représentations à leur profit.

Art. 4. — Cette dernière disposition s'applique aux ouvrages déjà représentés, quels que soient les anciens règlements ; néanmoins, les actes passés entre des comédiens et des auteurs dramatiques vivants ou morts depuis moins de cinq ans seront exécutés.

Art. 5. — Durant cinq années après la mort d'un auteur, ses héritiers ou cessionnaires seront propriétaires de ses ouvrages.

Cette loi, qui confondait les prétentions des comédiens en leur enlevant leur riche répertoire, les exaspéra. Ils en gardèrent à la Révolution une sourde rancune qui finit par leur porter malheur.

La loi des 19 juillet — 6 août suivants confirma la première. A partir de cette époque jusqu'à la reconstitution du Théâtre-Français, les droits d'auteurs, à ce théâtre, furent régis par les différentes lois ou décrets sur la propriété littéraire, lesquels ne cessèrent de consacrer le principe de la liberté des transactions. A partir de l'arrêté d'*Organisation* du 28 nivôse an XI, ils furent constamment réglés par les décrets ou ordonnances qui régirent la Comédie et dont nous parlerons plus tard. La Comédie-Française et l'Opéra devinrent alors les seuls théâtres indépendants de la Société des auteurs dramatiques, régulièrement constituée par des actes de 1794, 1801, 1829 et 1837. Elle est aujourd'hui le seul qui ait gardé cette indépendance [1].

1. Le mot *indépendance* mérite explication. La Comédie-Française étant, de tous les théâtres, celui qui rétribue le mieux les auteurs, la Société des auteurs et compositeurs dramatiques n'a pas cherché, jusqu'à présent, à faire de traité avec elle, et elle a reconnu tacitement les décrets qui ont réglé les droits d'auteurs au Théâtre-Français. Mais si, d'aventure, un nouveau décret venait à modifier le taux de ces droits au désavantage des écrivains, la Société ferait évidemment observer qu'un acte du pouvoir exécutif ne peut détruire un acte du pouvoir législatif, et elle invoquerait les lois constitutives de la propriété littéraire, notamment celle de 1791, qui continuent d'être la garantie des gens de lettres. A qui ferait-elle ces observations ? Non au Théâtre-Français, qui dépend du Ministère, mais aux auteurs — membres de la Société — qui dépendent d'elle, et elle pourrait ainsi faire reculer,

Quelque temps après le vote de la loi des 13-19 janvier, les comédiens adressent une *Pétition à l'Assemblée Nationale*, dans laquelle ils se déclarent écrasés de charges ; ils demandent que l'État prenne à son compte les pensions des acteurs retirés et qu'on revienne sur l'article de la loi qui résilie les traités qu'ils ont passés avec les auteurs vivants. Ils épiloguaient sur le sens de la loi : s'ils avaient effectivement *passé des traités*, l'article 5 de la loi leur rendait justice ; mais ce qu'ils appelaient *traités passés* n'était que le consentement tacite des auteurs aux règlements d'alors, consentement dont ces derniers avaient été relevés par ce même article 5.

Les auteurs dramatiques se formèrent donc aussitôt en corporation régulière et, *par un juste retour des choses d'ici-bas*, se préparè-

---

nous ne dirons pas la Comédie, mais l'Autorité, qui dicte ses volontés à ce théâtre. De même pour tous les cas où les décrets se trouveraient en contradiction avec les lois : la Société, forte de son ascendant sur les auteurs, saurait parfaitement amener à composition l'Administration Supérieure.

On sait que la Société défend, par ses statuts, à ses membres de toucher eux-mêmes leurs droits. C'est elle qui les perçoit directement, même à la Comédie-Française. Là, se bornent, pour le moment, ses rapports avec ce théâtre rent à dicter leurs conditions aux théâtres. Ils établirent, dans plusieurs villes, un correspondant chargé de veiller sur leurs intérêts. Les comédiens de province se dérobèrent à cette surveillance; mais les théâtres de Paris durent s'exécuter. Le règlement, dont nous parlerons plus bas, imposé par les auteurs, exigeait le septième pour les pièces en cinq actes, le dixième pour celles en trois, le quatorzième pour celles en un ou en deux, déduction faite des frais journaliers ordinaires, y compris les frais extraordinaires. Dans le compte qu'ils établirent des frais journaliers, ils ne voulurent accepter comme articles invariables que le loyer, la garde, le luminaire, le chauffage, l'abonnement des hôpitaux tant qu'il subsisterait (la question était alors pendante), les employés, les affiches et imprimés et le service pour les incendies. De plus, les correspondants avaient le droit d'inspecter les livres de chaque théâtre. Framery fut l'*Agent général* du *Bureau dramatique*. Les directeurs de spectacles s'emportèrent contre cette nouvelle corporation, et l'accusèrent d'être inconstitutionnelle, comme formant un monopole. Il s'engagea même, sur ce point, entre les auteurs et les directeurs de province, une polémique qui n'est pas de notre sujet. Mais les nouveaux théâtres de la capitale durent baisser pavillon devant des adversaires armés de la loi et forts de leur nombre.

Nous avons anticipé quelque peu ; revenons sur nos pas.

Le 4 juin 1790, au milieu de leur polémique avec les auteurs, les comédiens leur avaient proposé un nouveau traitement, après avoir examiné celui que faisaient les Comédiens-Italiens. Ils offrirent un dixième pour les pièces en cinq actes, un quinzième pour celles en trois, un vingtième pour celles en un, déduction faite de 800 liv. de frais. Quelques auteurs acceptèrent. Par suite de la rupture des habitudes de la haute société, des préoccupations générales et de l'émigration des principaux membres de la noblesse, les années 1790 et 1791 furent mauvaises pour la Comédie : elle ne fit pas 500,000 liv. de recette en 1790, tandis que, dans les dernières années de l'ancien régime, elle allait presque au million. Les comédiens eurent alors beau jeu pour plaider la cause des règles. Elles avaient été imaginées, disaient-ils, pour le service du public, et afin de le laisser comme arbitre entre les auteurs et la Comédie, par son absence ou son empressement. (Bon moyen, en effet, mais qui n'était ni le seul ni le meilleur pour constater le succès d'une pièce). Ils rappelaient aussi que, lorsque Beaumarchais voulut faire entrer en compte les loges à l'année, on lui fit observer que ce serait dénaturer les règles et que les auteurs se repentiraient peut-être un jour de l'adoption du système qu'il proposait. En effet, ajoutaient-ils, en 1790, ce sont les loges qui sont le plus tombées : au lieu de 800 liv. par jour, elles n'en ont plus rendu que 300, et ensuite moins encore, ce qui fait vite tomber les pièces dans les règles. Ce raisonnement n'était guère sérieux : est-ce que, en 1780, Beaumarchais pouvait prévoir l'émigration ?

Après le vote de la loi des 13-19 janvier 1791, les auteurs avaient résolu de se soumettre eux-mêmes et de soumettre tous les théâtres au régime de l'égalité. Ils montrèrent donc, à l'égard de la Comédie-Française, les exigences que subissaient les autres scènes et que nous avons indiquées plus haut. Les Comédiens-Français déclarèrent ne consentir qu'au dixième (pour les pièces en cinq actes) et à 800 liv. de frais, plus les frais extraordinaires. Refus des auteurs. Après de longs débats, les comédiens adhérèrent au septième, mais à condition de porter les frais à 900 liv. plus les frais extraordinaires, affirmant que leurs frais journaliers étaient de 1,300 liv., (c'est qu'ils y faisaient entrer des articles qui y étaient étrangers). Alors Beaumarchais, qui traitait, comme jadis, l'affaire pour les auteurs, proposa, mais en son nom seulement et sans engager ses confrères, 800 liv. de frais, par condescendance pour la Comédie et à cause des pertes qu'elle avait subies, de sa vieille gloire, de ses charges spéciales. Les comédiens refusèrent encore.

L'auteur du *Mariage* a raconté ces faits dans son *Rapport aux Auteurs dramatiques* lu en Assemblée des auteurs le 12 août 1791 et publié immédiatement après. Il avait prouvé aux délégués des comédiens, Molé, Desessarts, Dazincourt et Fleury, dans des conférences tenues avec eux, l'inanité de leurs prétentions. Répondant à l'accusation de monopole que portaient les comédiens contre les auteurs, il démontre :

Que ces derniers pouvaient y échapper en donnant chacun à un même agent leurs pouvoirs séparément. Puis, examinant un à un les arguments des comédiens, il prouve que, de 1780 à 1789, la part, à la Comédie, s'était élevée à 25, 26 et 27,000 liv. par an, tandis que les sommes payées aux auteurs n'avaient été que de 38,000 liv. Or, disait-il, il y a présentement vingt-trois comédiens, et vingt-trois auteurs dramatiques joués habituellement. Eh bien! les auteurs, qui ont censément le septième de la recette, n'en touchent en réalité que le vingt-septième. En effet, les pièces nouvelles sont en moyenne représentées de trois jours l'un : si elles étaient toujours en cinq actes, il reviendrait donc aux auteurs le septième du tiers, c'est-à-dire le vingt-unième de la recette. Mais, comme on joue à peu près alternativement une pièce en cinq actes, une en trois et une en un ou deux, c'est-à-dire trois pièces donnant droit au septième, au dizième et au quatorzième, qui font, en moyenne, un neuvième, c'est donc un neuvième pendant le tiers de l'année que touchent les auteurs, soit un vingt-septième. L'an dernier, les comédiens dont les événements font déserter le théâtre, n'ont eu que 8,000 liv. par part (194,000 liv. divisées par 23); mais, la proportion restant toujours la même, les vingt-trois auteurs, si leurs démêlés avec la Comédie ne les eussent pas forcés à retirer leurs pièces [1], auraient eu 7,185 liv.,

---

1. La plupart des auteurs, devant la résistance du

chacun 312 liv., ou vingt-six fois moins que chacun des comédiens. Après s'être fait communiquer les registres, il prouva que, depuis 1780, époque à laquelle les frais avaient été fixés à 600 liv., la Comédie avait bénéficié, sur cet article seulement, de 31,000 liv. par an, et encore l'année théâtrale étant de trois cent vingt-quatre jours ; maintenant que, les chômages étant supprimés, l'année serait de trois cent cinquante jours et les frais de 700 liv., elle bénéficierait par an de 35,000 liv. La Comédie profitait, en outre, de l'abonnement des hôpitaux, du loyer, de la garde extérieure (14,000 liv.), en tout de 170,000 liv. Ce n'est pas, concluait-il, sur les auteurs que les Comédiens doivent et pourront se rattraper des pertes que leur causent les événements ; avec 2,100 liv. de recette probable par jour, la part du Comédien sera de 20,539 liv. ; celle de chaque auteur, de 765 liv. Vous voudriez 900 liv. de frais au lieu de 700 liv. ? La part totale des auteurs n'en serait diminuée que de 2,592 liv. Cela vaut-il la peine de se brouiller avec eux ? Ils perdraient ainsi le huitième de leurs droits, tandis que la part de chacun de vous ne serait diminuée que du cent quatre-vingt-troisième. Vous deviendrez les premiers victimes

---

Théâtre-Français, l'avaient mis en interdit. Il ne lui était guère resté de fidèles que Collin d'Harleville, Desfaucherets, Fabre d'Eglantine et Collot d'Herbois.

de cette persistance ; aujourd'hui que la concurrence est permise, vous serez privés des nouveautés, qui soutiennent le théâtre, et vous vous apercevrez trop tard que les six septièmes d'une grosse recette sont préférables aux sept septièmes d'une petite.

Ce lumineux rapport fut approuvé, à l'unanimité, le même jour, 12 août, et il fut décidé que l'on n'accorderait aux comédiens que 700 liv. de frais.

Néanmoins, les comédiens refusèrent d'accepter ces conditions. Le 25 juillet ils avaient décidé .

De donner aux auteurs, les frais extraordinaires réservés, le huitième en prélevant 800 liv. de frais, ou le septième en prélevant 900 liv., pour les pièces en quatre ou cinq actes ; le douzième avec 800 liv. ou le dizième avec 900 liv., pour celles en trois ; le seizième avec 800 liv., ou le quatorzième avec 900 liv., pour celles en un ou deux actes.

En conséquence, chaque réception de pièce provoquait un traité spécial dans lequel il était stipulé que :

La recette serait composée de la recette de la

porte, de celle des loges à l'année sur le pied des baux annuels ramené au produit journalier par le diviseur 324, et du produit des abonnements à vie évalué sur le pied de l'intérêt à 10 %; avant le décompte de la part d'auteur, on devait prélever 800 liv. de frais ordinaires et journaliers, auxquels serait ajouté le trois-cent-vingt-quatrième de l'impôt des pauvres, si la perception en était continuée, et les frais extraordinaires. Toute représentation ne produisant pas 800 liv. de recette serait nulle pour l'auteur. Dans le cas où la recette de la porte dépasserait 800 liv. et les frais extraordinaires, l'auteur toucherait, pour les pièces en cinq actes, un dixième de la recette totale pendant toute sa vie, — et ses héritiers, pendant cinq ans après sa mort.

Ce fut, nous l'avons dit, en assemblée du 25 juillet 1791 qu'on résolut de signer dorénavant ce genre de traité; mais il est probable qu'on ne fit alors que sanctionner une mesure déjà mise à exécution, car nous trouvons, aux Archives de la Comédie, des traités identiques antérieurs à cette date, et d'autres qui offrent seulement quelques variantes.

Analysons maintenant les articles, relatifs aux auteurs, du nouveau règlement que le Théâtre-Français crut opportun de rédiger après que la Révolution eut modifié ses conditions d'existence [1] :

Ce règlement, fait le 18 novembre 1791, porte d'abord, au paragraphe 15 de l'art. II (Comité) :

Le Comité fait inscrire exactement sur un registre, et par ordre de date, les pièces à la lecture. Ce registre contient le titre des pièces, la date de leur lecture, le nombre des voix pour la réception ou pour le refus. Il est communiqué aux auteurs, afin que ces derniers se puissent assurer qu'il ne leur est point fait de passe-droits. Le Comité les fait avertir huit jours avant la lecture et les instruit des règlements qui les concernent. Il veille à ce que les pièces dont le tour est venu ne soient jamais retardées.

En outre, les vingt-sept paragraphes de l'art. VIII (pièces nouvelles, auteurs) statuent que :

1. — Il n'y a qu'une lecture par semaine, à midi précis.

2. — Le Comité et les deux semainiers s'y trouvent, à peine de perte du droit de présence pour celui qui manque à l'heure, et d'un louis pour celui qui manque tout à fait, à moins qu'il

---

1. Imprimé in-8° par Ballard.

n'ait prévenu, auquel cas les semainiers le font remplacer.

3. — La présence de treize personnes est nécessaire aux lectures. Le Comité et les semainiers n'en fournissant que neuf, il est nommé, à l'assemblée du lundi, quatre sociétaires par rang d'ancienneté, pour compléter le nombre légal.

4. — Cependant, tous les sociétaires doivent assister aux lectures. Ceux qui, étant arrivés à l'heure précise, entendent la lecture de la pièce et des avis, ont leur jeton.

5. — *Identique aux art.* 1 *des règlements de* 1766 (*sauf que le Comité est remplacé par le Secrétaire, et que les pièces des auteurs plusieurs fois joués ou reçus sont dispensées de l'examen*) *et* 2 *de* 1781 (V. p. 40 et 94).

6. — Si, le tour d'une pièce arrivé et l'auteur prévenu du jour de la lecture, celui-ci n'est pas prêt, on passe à l'ouvrage suivant.

7. — Suivant la date du rang de lecture, on convient d'un jour autre que le lundi pour entendre la pièce. Le semainier prévient l'auteur huit jours auparavant.

8. — L'auteur seul, ou son délégué, a droit de venir à cette assemblée.

9. — La pièce lue, chaque acteur ou actrice délibérant écrit ses motifs et les remet. Avant de les lire, on demande à l'auteur s'il désire les connaître, ou seulement le résultat.

10. — A chaque lecture[1], il est fait trois colonnes sur une feuille : acceptation, correction, refus. La colonne correction est toujours jointe à la plus faible des deux autres pour faire avec elle une colonne correction. Alors, la plus forte décide si la pièce est acceptée, admise à correction, ou refusée. Lorsque les colonnes acceptation et refus sont égales, n'y eût-il qu'une voix de correction, la pièce est admise à correction. Quand une colonne est, à elle seule, plus forte que la somme des deux autres, la pièce subit le sort indiqué par cette colonne.

11. — *Identique aux art. 7 des règlements de* 1766 (V. p. 42), 5 *(seconde partie), du* 12 *mars* 1780 (V. p. 74) *et* 10 *de* 1781 (V. p. 97).

12. — *Identique à l'art.* 11 *du règlement de* 1781 (V. p. 97).

13. — Toute pièce nouvelle est jouée à son tour de réception, hiver et été, sauf que, sur trois reçues, la Comédie peut en jouer une à son choix, sans s'inquiéter de l'ordre du tableau.

14. — Lorsque le tour d'une pièce est venu, l'auteur ou son délégué envoie la distribution.

15. — Nul ne peut refuser un rôle de son emploi, donné par l'auteur, sans raisons valables, dont la Société reste juge.

---

1. Les clauses de cet article sont les mêmes, sous une autre forme, que celles de l'art. 9 du règlement de 1781.

16. — *Identique aux art.* 7 *de l'arrêt du* 9 *décembre* 1780 (V. p. 89) *et* 15 *du règlement de* 1781 (V. p. 97).

17. — Si l'auteur veut garder l'anonyme, il doit se faire représenter par une personne qui répond de la pièce et des événements.

18. — *Identique aux art.* 6 *de l'arrêt du* 9 *décembre* 1780 (V. p. 89) *et* 17 *du règlement de* 1781 (V. p. 97).

19. — Les Comédiens ne pourront, sous aucun prétexte, sinon pour motifs graves appréciables par la Société, refuser de jouer une pièce reçue, ni en retarder les représentations, sans le consentement de l'auteur.

20. — L'auteur d'une pièce en cinq actes a droit, à chaque représentation de sa pièce, à quatre billets de premières loges; celui d'une en trois, à trois; celui d'une en deux ou en un, à deux.

21. — Aucun auteur, comédien ou comédienne, ne pourra louer une ou plusieurs loges sans payer sur le champ; défense au buraliste de porter en compte de recette un pareil crédit, à moins d'en répondre.

22. — L'auteur d'une pièce nouvelle peut demander aux semainiers des billets de parterre, qui sont payés sur sa part. Les semainiers ne peuvent en donner plus de quarante aux trois premières représentations et de vingt aux sept suivantes.

23. — *Identique aux art* 63 *des règlements de* 1757 (V. p. 39), 18 *de* 1766 (V. p. 44), 15 *du* 12 *mars* 1780 (V. p. 75), *sauf que les pièces doivent être restées au théâtre*, *et* 24 *de* 1781 (V. p. 98).

24. — *Identique aux art.* 64 *et* 65 *du règlement de* 1757 (V. p. 39), *sauf ce texte :* d'une pièce en un ou en deux... (Voir art. 19 des règlements de 1766 (p. 44), 16 du 12 mars 1780 (p. 75), et 25 de 1781 (p. 98).

25. — Lorsqu'un auteur retire sa pièce pour la faire représenter ailleurs, il est privé de son entrée, et paye une indemnité pour l'entrée dont il a joui.

26. — L'auteur jouit de son entrée aux balcons, aux premières loges et à l'orchestre.

27. — *Identique aux art.* 21 *des règlements de* 1766 (V. p. 44), 18 *du* 12 *mars* 1780 (V. p. 75), *et* 29 *de* 1781 (V. p. 98).

Art. ix.... Le Secrétaire sera aussi chargé de tenir un tableau exact des dates des représentations de chaque pièce, afin que la Comédie puisse savoir quand une pièce serait dans le cas d'être portée à un autre théâtre, faute d'être jouée chez elle dans l'espace de dix-huit mois.

Des deux sortes de rétribution que les comédiens avaient arrêtées le 25 juillet, ce fut celle consistant à payer un septième, un dixième et un quatorzième, en prélevant

900 liv., qu'ils paraissent avoir mise le plus en usage; c'est, du moins, la seule que nous leur voyons payer en 1792 et en 1793.

Quant aux divers théâtres qui résultèrent du fractionnement de la Comédie-Française, ils passèrent avec les auteurs des marchés dissemblables.

Le seul sur lequel, relativement à ce point, nous ayons des données, le Théâtre de la République, qui était devenu le plus sérieux rival de la Comédie, se soumit, le 30 juillet 1791, pour mieux lui faire concurrence, aux conditions que proposait l'association des auteurs. Gaillard et Dorfeuille, directeurs associés des comédiens de ce théâtre, s'engagèrent, par traité :

A ne prélever que 700 liv. de frais et à payer un septième pour les pièces en quatre et en cinq actes, un dixième pour celles en trois, un quatorzième pour celles en un et en deux. Les pièces devaient être suspendues au gré des entrepreneurs, si la recette ne produisait pas, en dehors des frais journaliers, une somme égale à ces frais, tout compris, la première représentation étant toujours à part. Quant aux pièces qui prenaient tout le spectacle, elles devenaient l'objet d'une évaluation, au profit des auteurs, basée sur ce qu'auraient retiré les autres auteurs s'il y avait eu plusieurs pièces représentées. Les représentations qui ne produisaient que 700 liv. et au-dessous étaient nulles pour les auteurs [1].

Ce traité fut en vigueur jusqu'au discrédit des assignats.

En 1796, les sociétaires et Gaillard (Dorfeuille était retiré), signent une nouvelle convention, en vertu de laquelle :

Les auteurs recevront, — après déduction, pour les frais, du tiers de la recette totale, comprenant toute espèce de recette, — le huitième pour les pièces en quatre ou cinq actes, le douzième pour celles en trois, le seizième pour celles en deux ou en un. Aucun jour ne sera nul pour les auteurs.

Ce traité dura jusqu'à la clôture du théâtre, en 1798. Ce fut le régime que l'arrêté d'*Organisation* fit adopter à la Comédie-Française en 1799, lors de sa reconstitution, et que lui conservèrent, après sa constitution officielle

1. Cette hypothèse n'est pas de nous; elle se trouve dans une note sur la question, rédigée sous le Consulat et conservée aux Archives de la Comédie. Une pareille clause, on s'en souvient, figurait dans le traité de principe arrêté, le 25 juillet 1791, par la Comédie; mais le *minimum* y était de 800 livres.

en germinal an XII, tous les décrets jusqu'en 1859.

Passons au règlement que fit Sageret, Administrateur Général du Théâtre de la République. Ce document n'est pas daté, mais il doit être du commencement de 1798; à moins, ce qui est possible, que ce ne soit une reproduction du règlement que le même entrepreneur avait dû rédiger pour le Théâtre Feydeau [1] :

. . . .

CHAPITRE II. — Art. 21. — Il sera fait une répétition générale de toute pièce nouvelle, trois ou quatre jours avant la première représentation, en tout conforme, aux costumes près, à cette représentation.

ART. 22. — Tous les acteurs ayant un rôle doivent s'y trouver et y jouer aussi exactement que devant le public, à peine d'une amende proportionnée à leurs appointements.

ART. 23. — Nul autre n'y est admis que du consentement de l'auteur.

ART. 24. — Nul comédien ne peut, sans rai-

1. Nous ne connaissons qu'un seul exemplaire de ce règlement. Il a été acheté, à la vente Filippi, par notre ami Léon Guillard, qui l'a déposé aux Archives de la Comédie.

sons valables, refuser un rôle attribué par l'auteur. Toute contestation entre un auteur et un acteur est soumise à l'arbitrage de deux personnes, dont l'une est désignée par l'Administrateur, l'autre par l'auteur, et toutes deux acceptées par l'acteur. Si ces deux personnes sont divisées d'opinion, elles en choisissent une troisième qui les départage.

CHAPITRE III. — ARTICLE PREMIER. — Il est établi, pour la lecture et la réception des pièces, un Comité ou Conseil de lecture composé de onze personnes, dont six prises parmi les artistes du théâtre, et cinq choisies par l'Administration parmi les écrivains ou les gens du monde lettrés et aisés.

ART. 2. — Ce Comité renferme également un ou plusieurs administrateurs ou régisseurs, et un Secrétaire spécial, qui tient un registre de toutes les opérations du Comité et un registre double où sont inscrites, par ordre de date, les pièces reçues. Il remet un de ces doubles à l'Agent Général de l'Administration, le lendemain de chaque assemblée du Comité.

ART. 3. — Les onze membres indiqués dans l'art. 1er ont seuls voix délibérative.

ART. 4. — Pour la première fois, l'Administration nommera seule les cinq personnes dont il a été parlé.

ART. 5. — Les six comédiens membres du

Comité sont nommés, tous les premiers de chaque mois, par les artistes réunis pour l'assemblée du répertoire; ils sont rééligibles. L'Administration supplée au défaut de nomination par les artistes.

Art. 6. — Si un ou plusieurs des cinq membres se retirent, ceux qui restent forment, au scrutin, une liste de remplaçants en nombre double, dans laquelle l'Administration fait ses choix.

Art. 7. — Le Comité s'assemble au moins trois fois par mois, depuis onze heures du matin jusqu'à trois heures après midi.

Art. 8. — Après deux absences consécutives, sans avertissement ou excuses, du Comité, l'on reçoit une lettre d'avertissement du Secrétaire; après une troisième, on est réputé démissionnaire.

Art. 9. — Les auteurs qui présentent une pièce la portent au Secrétaire, qui leur remet un bulletin portant le numéro d'enregistrement du manuscrit.

Art. 10. — Le Secrétaire, chaque jour d'assemblée, dépose sur le bureau les manuscrits qu'il a reçus. Chaque ouvrage est confié à un membre du Conseil, qui l'examine et juge s'il doit être lu devant le Comité ; il doit faire son rapport à l'assemblée suivante. Si le rapport est favorable, le jour de la lecture est indiqué sur-le-champ ; sinon, l'ouvrage est confié à deux autres commissaires qui en font rapport à l'assemblée suivante. Si l'opinion de ces derniers est unanime, elle fait loi; sinon, l'ouvrage est rejeté, puisque alors il a deux voix, sur trois, contre lui.

Art. 11. — L'auteur connu par un succès est dispensé de l'examen préliminaire ; sur la simple annonce de son ouvrage, il lui est donné jour pour la lecture.

Art. 12. — Une fois l'ouvrage admis à la lecture, l'auteur, averti du jour, se présente au Comité. Il lit ou fait lire sa pièce ; puis il se retire avec son manuscrit. Chaque membre du Comité donne son avis par écrit, et motivé, s'il lui plaît, mais, en tous cas, terminé par ces mots : *J'accepte*, *je refuse* ou *à corrections* ; il le remet plié au Secrétaire. Ce dernier recueille tous les avis et les lit à haute voix. Ils sont portés sur une liste à trois colonnes; la majorité décide du sort de la pièce, puis les avis sont brûlés.

Art. 13. — Le Secrétaire informe par écrit l'auteur du résultat, sans lui en faire connaître la composition, sauf le cas de renvoi à corrections, où il résume, dans la lettre d'avis, les modifications indiquées ou demandées avec les raisons qui motivent cette demande.

Art. 14. — L'auteur admis à corrections peut demander une seconde lecture, qui se fait sans examen préliminaire. Les membres du Comité y statuent définitivement sur le sort de la pièce par : *J'accepte* ou *je refuse*.

Art. 15. — L'auteur, aussitôt qu'il est averti de la réception de sa pièce, envoie à l'Agent Général de l'Administration la distribution sous enveloppe cachetée ; cette distribution est ouverte en présence de l'auteur, au moment où sa pièce doit être jouée, et consignée sur le registre du répertoire.

Art. 16. — Les pièces reçues sont inscrites sur un registre spécial, avec la date de leur réception. Ce registre est contrôlé par celui des délibérations du Comité, qui est tenu par le Secrétaire et signé par tous les membres du Comité.

Art. 17. — Chaque pièce reçue est de droit jouée à son tour, suivant la date de sa réception, et suivant son genre et son étendue, c'est-à-dire qu'après une tragédie vient une comédie en cinq actes, puis une comédie en trois, puis une en un. Les pièces en quatre et en deux actes, étant rares, sont assimilées à celles en cinq et en un.

Art. 18. — Après chaque pièce de tour, l'Administration peut jouer une pièce de choix, mais en se conformant à l'ordre établi pour les diverses espèces d'ouvrages, c'est-à-dire que, si la pièce jouée la dernière par tour est une comédie en cinq actes, le choix de l'Administration ne peut porter que sur une pièce en trois actes, et ainsi de suite.

ART. 19. — Les pièces dites de circonstance sont jouées aussitôt qu'elles sont reçues.

ART. 20.—Chaque auteur admis peut remplacer la pièce dont le tour est arrivé par une autre de ses pièces postérieurement reçue, pourvu que celle-ci soit de la consistance de l'autre.

ART. 21. — Chaque auteur peut céder son tour à un autre, à condition de prendre la place de ce dernier, et si les ouvrages qui permutent sont de la même espèce.

ART. 22. — L'auteur dont le tour est venu, et qui en est averti, doit remettre son manuscrit au copiste de la Comédie dans l'espace de trois jours, ou les rôles copiés à chacun des acteurs dans l'espace de huit jours. S'il n'est pas prêt à l'expiration de ce délai, on passe à l'auteur suivant de la même classe.

ART. 23. — Si un rôle donné par un auteur vivant devient vacant par la retraite, la mort ou le refus de l'acteur, l'auteur peut choisir l'acteur remplaçant ; il ne perd ce droit qu'avec la propriété de son ouvrage [1].

ART. 24. — Les auteurs ont droit, à chaque

1. Cette clause est probablement un *lapsus* du rédacteur, puisque, depuis 1791, les auteurs conservaient la propriété de leurs ouvrages pendant toute leur vie, et même au-delà.

représentation de leurs pièces, à deux places d'orchestre ou de balcons, deux de premières loges ou de première galerie, deux de parquet et quatre de seconde galerie, pour les pièces en quatre et en cinq actes ; pour celles en trois, à deux d'orchestre ou de balcons, deux de parquet et deux de seconde galerie; pour celles en deux ou en un, à deux d'orchestre ou de balcons et deux de seconde galerie.

Art. 25. — *Identique aux art.* 63 *des règlements de* 1757 (V. p. 39), 18 *de* 1766 (V. p. 44), 15 *du* 12 *mars* 1780 (V. p. 75), 24 *de* 1781 (V. p. 98) *et* 23 *de* 1791 (V. p. 127).

Art. 26, 27. — *Identiques aux art.* 64 *et* 65 *des règ*ts *de* 1757 (V. p. 39), *sauf ce texte :...* d'une pièce en un ou deux..., *et* 24 *de* 1791 (V. p. 127) (*V. les art.* 19 *des règlements de* 1766 (p. 44), 16 *du* 12 *mars* 1780 (p. 75) et 25 *de* 1781 (p. 98).

Art. 28. — La part d'auteur est : pour une pièce en quatre ou en cinq actes, d'un septième ; pour une en trois, d'un dixième ; pour une en deux ou en un, d'un quatorzième de la recette, sauf l'impôt [1] ; sur laquelle recette, par un arrangement fait avec les auteurs, il est prélevé un tiers pour les frais. L'auteur d'un ouvrage comprenant toute la durée du spectacle, touche la part du septième et du quatorzième, comme

---

1. L'impôt des pauvres, fixé au dixième en sus du prix des places par la loi du 7 frimaire an V.

si l'on donnait, le même jour, une petite et une grande pièce de lui.

En 1799, la Comédie-Française, dispersée depuis cinq ans, fut reconstituée par les soins du Gouvernement. Les auteurs dramatiques, flairant, dans cette mesure, le rétablissement du monopole, au moins partiel, adressèrent au Ministre de l'Intérieur une protestation qui a été reproduite par Etienne et Martainville, en leur *Histoire du Théâtre-Français sous la Révolution*. Beaumarchais mourant la signa. Ce fut le dernier acte du fondateur de la Société des auteurs dramatiques.

Tels ont été les rapports de la Comédie-Française avec les auteurs pendant le XVIIe et le XVIIIe siècle. Nous avons vu ceux-ci, longtemps opprimés, conquérir, à force d'énergie, l'indépendance. Ceux qui, au XIXe siècle, travaillent pour le Théâtre-Français, ont encore un pas à faire. Les pages qui racontent ce progrès ne peuvent — il a été dit pourquoi — entrer dans ce livre. Elles se publient, à l'heure où nous écrivons ces lignes, dans une autre partie de l'*Histoire administrative de la Comédie-Française*.

FIN

ACHEVÉ D'IMPRIMER

Sur les presses de ALCAN-LÉVY

Typographe à Paris

Le 10 juin 1874

Pour LÉON WILLEM, Libraire

A PARIS.

Autres Ouvrages du même Auteur :

Comédie-Française. — Notice historique sur les anciens bâtiments, nos 14 de la rue de l'Ancienne-Comédie (rue des Fossés-Saint-Germain-des-Prés) et 17 et 19 de la rue Grégoire-de-Tours (des Mauvais Garçons); in-8°.

La Fameuse Comédienne ou *Histoire de la Guérin, auparavant femme et veuve de Molière.* — Réimpression conforme à l'édition de Francfort, 1688, suivie des variantes des autres éditions et accompagnée d'une préface et de notes; in-12.

L'Homme à bonnes fortunes (*Nouvelle Collection* [illegible]), comédie de Michel Baron, avec préface et notes; in-12.

Comédie-Française. — Lettre à Mylord [illegible] *Baron et la demoiselle Le Couvreur, par George Wink* (l'abbé d'Allainval). — Lettre du Souffleur de la Comédie de Rouen *au garçon de caffé* (par du Mas d'Aiguebere); avec préface et notes; in-12;

Le Théatre et le Peuple. *Esquisse d'une organisation théatrale*; in-12.

La Censure dramatique; in-12.

Histoire administrative de la Comédie-Française, tome Ier (1658-1757); in-12;

La Musique a la Comédie-Française; in-8°.

Sous Presse :

Les Spectacles forains et la Comédie-Française. — Le droit des Pauvres avant et après 1789. — Les Auteurs dramatiques et la Comédie-Française (1799-1869), d'après des documents inédits extraits des Archives du Théatre-Français; in-12.

La Confession générale d'Audinot. — Les Petits Théatres en 1780; in-12.

Comédie-Française. — Registres du Régisseur et d'assemblées depuis 1663. (M. M. J. B. et Léon Guillard, archiviste du théâtre, se sont chargés de la réimpression et de l'annotation de ces précieux documents; le tirage en sera fait à petit nombre.)

Paris. — Imprimerie Alcan-Lévy, rue de Lafayette, 61.

www.ingramcontent.com/pod-product-compliance
Ingram Content Group UK Ltd.
Pitfield, Milton Keynes, MK11 3LW, UK
UKHW031906260826
14628UKWH00003B/1014

9 782019 926212